Best Time

白马时光

孟瑞 著

天气预报
说
明天有你

百花洲文艺出版社
BAIHUAZHOU LITERATURE AND ART PRESS

撑着伞，太阳底下的眼泪也是闪亮闪亮的。

生活简单得就像下雨撑伞、雨后收伞。

晴天雨天，

愿我的明天总有一个你。

See you tomorrow

把故事都留在昨天，将希望都寄予明天。

序

我 眼 中 的　　你

∞

赵 丽 颖

各位展书阅读的朋友，谢谢你们愿意打开这本书。

我跟表哥（习惯这样叫他）已经认识十年有余，无论是工作，还是生活，我俩总是有聊不完的话题。

这本书他让我来作序，起初我是拒绝的，总觉得自己的文字能力不足以为一本书作序，顶多读过之后做个推荐。后来他发来了两篇新写好的文章给我看，读后确实打动了我，便答应了。

从生活中的点滴可以看出一个人对仪式感的追求，他对身边一切发生的事物都存在一定的敏感度，就像我们拍戏一样。我觉得只有热爱生活的人才会把生活过得精彩，过出仪式感。他把这些感受用文字的形式呈现出来，相信读者读完，会从中看到曾经的自己、将来的自己，或是现在的自己。

看了他的文字，你会发现字里行间流淌着细腻，看似平淡却能抓住阅读者的心，这当然和他对生活的热爱是分不开的。他一直都有阅读的习惯，我也经常让他推荐好书给我看。每次谈到现在图书行业不景气，走进书店的人比以前少了时，总会说到作为公众人物的我们确实该以身作则、树立榜样，相信这一点他一直是走在前面的。

我们每一个人总是习惯仰望和羡慕着别人的幸福，却不知道，自己正被别人仰望和羡慕着。其实每个人都是幸福的，只是你的幸福，常常在别人眼 里。

今天我不是作为艺人赵丽颖来推荐这本书，是作为孟瑞的朋友来推荐。相信温暖有趣的文字能感动像我这样经常被羡慕的幸福的人，也同样能感动在我眼里幸福的你。

赵丽颖 ＿2018 年于北京

目录 ⚛ ⛅

☀ *春和景明，*
我遇见你

One

☁ **夏山如碧，**
我倾心你

Two

☁ *秋意深浓，*
执子之手

Three

冬雪酷寒，
与你白头

Four

天气
———

☔ 小雨

偏南风

11~22℃

天气

❄ 小雪

西北风

-4~8℃

- *One*

春和景明，
我遇见你

生活本来就是一场游戏，有时
按照正常的游戏规则来，反而
会失败，也许换种玩法，就轻
易通关了呢。

天气
——

☁

多云

无风

26~37℃

天气
——

☀

晴

微风

14~26℃

◈

虽然我自己明明是这场暗恋戏码的导演，

但我清楚地知道自己已经丧失了喊"咔"

的能力。

我在C位处　等你

01

我喜欢你，就像橱柜深处的棉袄，渴望青天白日的阳光；就像深藏多年的烈酒，渴望被人豪气干云地畅饮；就像那一抹天边的云，想亲吻一下海上的浪花；就像深蓝的大海，有鲸鱼在里面吐泡泡。

机器猫陪了大雄八十年，在大雄临终前，大雄对机器猫说："我走之后你就回到属于你的地方去吧！"

机器猫同意了，大雄死后，机器猫用时光机回到了八十年前，对小时候的大雄说："大雄你好，我叫哆啦Ａ梦！"

看了这么多年的动画片，许多人都说我是长不大的孩子，但，是谁告诉你，动画片只是给孩子看的？我一直想保护好自己内心的那份柔软，哪怕有人入侵和践踏也无关系。我想只有成年人才明白机器猫为什么又会回到八十年前，也只有成年人才知道为什么大雄会让它回到属于它的地方，他说出的这句话，承载了他多少的不舍和酸楚。

那天我只是去了趟海边，我的头发、衣服和鞋子里就被灌满了沙子。我站在沙滩上望着浩渺无边的大海，心想：不知道鲸鱼有没有眼泪，可能有吧，只是就算它的眼泪流成眼前这片大海，我也不会知道。

坐在海边，海浪拍打着我的身体，就像你的手在抚摸着我。我觉得这海不像小说、电影里看到的那么凶猛。我躺在沙滩上，就像躺在你的怀里。人生微凉时，有一段记忆可以取暖，我想，足矣。

如果有时光机，我也想像机器猫一样，回到当初那年那月那日，对小时候的你说："鲸鱼你好，我叫花花。"

☼

我从小就特别喜欢过夏天，盛夏的太阳带走了春天时的那份温柔，像火球似的火辣辣地照着大地，似乎要散发出全部的热量。它几乎天天恣意横行，挥舞着它的铜盾横立在充满灰色烟雾的天空上，晒软了柏油马路，晒红了行人的脸庞，晒得大树纹丝不动，更晒裂了大地。泼一盆水到地上，干渴的大地一下子就将其吮吸得干干净净。满街都是穿着背心、打着赤膊的人，人人都恨不得钻到冰箱里。

尽管如此，我依旧很喜欢夏天，因为我可以穿好看的裙子，可以吃冰西瓜，可以在外面肆无忌惮地玩。我经常把皮筋拴在我们家小卖部门口的两棵大树上，和小伙伴们跳得满头大汗也不会生病。家里开了一个小卖部，琳琅满目的商品经常让我觉得家里特别富有。

不知道为什么，从小我就有先见之明，哪怕家里有很多好吃的，我还是会控制自己，不让自己变成胖姑娘，我现在回想起来，可能单纯是怕自己太胖会跳不动皮筋吧。

那天我在小卖部门口跳皮筋，一回头瞧见了一个和自己差不多大的小男孩。他站在街角茫然四顾，穿着海军服，脚下踩着一双高勒靴，又洋气又帅气。当时我忍不住多看了几眼，可没一会儿我就被这盛夏的太阳给打败了，只想赶紧回家。我回到屋里吃了根冰棍，看了会儿动画片，往窗外望了一眼，发现他还在原地站着，手还不断抓着一颗毛茸茸的脑袋。

他应该是迷路了，我当时心想，怎么办呢？我也跟着挠了挠头，原地转了几圈，最后鼓足勇气走出去："同学，你是迷路了吗？"

他警惕地看了我一眼，似乎在确定眼前这个人的可信度，好一阵，才卸下防备，轻轻"嗯"了一声。

"你知道你家的地址吗？这一片儿我很熟并且很认路的，我送你回家。"我不知道当时是正义让我这么做，还是因为他的颜值。毕竟他抬头看我的时候，我感觉自己脸红了。他的眼睛好好看，像大海一样，睫毛忽闪忽闪的，像一把小扇子。

他听到我的话，停顿了五秒又瞧了我一眼，然后慢悠悠从兜里掏出一张卡片，上面写着一个地址。

我接过很不解地问："你怎么不拿着卡片问路啊？"

他面无表情地说："我长得这么好看，万一被人拐了呢？"

我听了，笑如当日艳阳。

我俩的话都不多，到他家的路程也不远，没多久，两人就告别。

他转过头对我说："谢谢你送我回家。"

☼

我笑着摆手："没什么啦，我方向感好。"

他说："我叫鲸鱼，今年十一岁。"

一辆洒水车恰好经过，我为了避水，往旁边蹿了一步，匆忙之间，没听见他的前半句，只听到后半句。

"呀，比我大一岁。我叫花花，你叫什么？"

这时他的父母正好赶来，抱着他就一顿猛亲。没见过这样场面的我突然有些不好意思，没听到答案就很快跑远了。

我满头大汗地回到家，第一件事就是去冰柜里面拿雪糕。

"不要吃雪糕了，马上吃饭。"妈妈在往桌子上放碗筷的时候，瞄了我一眼。

饭桌上，爸妈在闲聊，而我在回想那个眼睛像海一样、声音好听又特别有礼貌的男孩，根本听不进去他们在说什么。

现在想想，我也太早熟了吧，这么小就如此花痴。

"花花，你喜欢哪里啊？"爸爸嚼着嘴里的饭问我。

"什么喜欢哪里？"我完全在状况外，一脸蒙。

"这孩子，一整天都心不在焉的，爸妈这两年开店做生意赚了点钱嘛，你以后也总要上高中上大学，总不能一直在这儿将就地住着，

所谓成长
就是听到"汹涌澎湃"这四个字
再也联想不到
大海了。

爸妈准备搬家了。这附近有你喜欢的小区吗？"妈妈把风扇调了个位置，转过头来对我说。

"我都无所谓啊，住哪里都是一样的，这儿也挺好的，我……"说到这儿的时候，不知道为什么，脑子里突然想到了刚刚那个男孩所在的小区，于是我顺口就说，"和我们这儿隔着一条街、后面的那个小区挺好的，还是新的楼盘呢。小区很干净，我经常跑过去玩，好像还有不少没售出去的房子。"

怕被人发现我的小心思，我越说越没底气。草草地吃完这顿饭，回到了自己的小空间，躺在床上望着天花板，心想：要是真能跟他一个小区是不是就能经常看见他啊？

都说女孩比男孩成熟得早，我大概就是女孩中的思想先锋。

虽然我还是和以往一样地上学、放学、吃饭，饭后跟小伙伴玩，但是总有那么一瞬间，我会想回头看看，看看身后有没有一个迷路的小孩。

爸妈还是很疼我的，半年后，我们真的搬到了那个小区。刚搬进来的那天，爸妈和工人们在楼上搬家具，我在楼下自娱自乐，一眼就看到了他，他在小区的花丛里逗流浪猫玩，穿得干干净净的，特别好看，一旁坐着他的父母，他父母正笑着和邻居说自己的孩子严重路痴，每天上下学都要车接送才行。

我从小就很怵除了自己父母以外的长辈，也没敢上前打招呼。

那第一次的止步不前，就像是一种冥冥之中的预见，之后的第二次、第三次、第成百上千次，都只能遥遥观望，朝前无期。半年内，我们仿佛没有见过一样，也都没有打过招呼。

没过几天，我突然惊喜地发现一件事情，他所在的单元楼和我家所在的单元楼两两相对，我站在客厅的阳台上，微微仰头，就能看见他房间的窗台。为什么能确定那是他的窗台呢？因为他的窗户上贴了一个粘钩，粘钩上挂着一个卡通的克比，一位鼎鼎大名的动漫海军人物。

第一次见他的时候，他就穿着一身海军样式的服装，让我印象深刻。

他的愿望是当海军吗？我当时心里特别好奇。

从那以后我开始常常搬个小马扎坐在阳台上，望着他所在的方向，想啊想啊想：他现在在做什么呢？他会下来玩吗？他吃饭了吗？他会不会发现我啊？

我虽然经常仰望，却永远不知道他在干什么。

"花花，你是不认识我了吗？为什么每次都不跟我打招呼？"

☼

面对突如其来的质问，我手足无措。

"我不知道你叫什么名字，怎么和你打招呼啊？"我站在草丛里，手里拿着半根喂流浪猫的火腿肠，一副特别委屈的样子回答他。心想：你是不知道我有多想跟你打招呼，心里演习了多少遍再次见到你和你搭讪的方式。

"上次跟你说过了啊，你怎么这么不认真听人家讲话，我叫鲸鱼。"他突然站到比我高的台阶上，很认真地对我说。

他的眼睛里散发着比太阳还亮的光，我还在回忆他什么时候跟我说过他的名字，他紧接着问："小笨蛋，你知道大海为什么是蓝色的吗？"

小笨蛋？你以为你是谁，为什么要这么称呼我？

虽然心里这么想，但我摇头的动作却很诚实。

"因为海里有鲸鱼啊，它们吐泡泡的声音就是 blue blue blue，哈哈，这回记住了吧？"说完他蹦蹦跳跳地跑远了，开心得好像占了我多大便宜一样。

后来我总能在楼下花园里看见鲸鱼，奇怪他怎么不用上学，从他爸妈和邻居的聊天中知道，他身体不好生病了，要休学一年。有时候碰见了，我会和他讲两句话，他也习惯性地捉弄我一下。

某个周日我在房间里赶作业，因为第二天就是星期一了，剩下的作业还堆积如山。就在我抄写诗词的时候，突然听到楼下传来紧急的声音："10号楼3单元901家失火，大家注意安全，听从指挥。"

还没等我反应过来，所属辖区的消防队已经赶到，消防车的警笛长鸣了一阵。独自一人在家的我不明情况，又有点害怕，好奇地往外一看，吓了一跳，那是鲸鱼的家。我当时肯定吓白了脸，什么都没管直接冲下楼直奔10号楼，在单元楼下看到了被消防叔叔背在背上完好无损、嚼着口香糖的鲸鱼。

消防员叔叔逗我："小朋友，火灾现场很危险的，快回家。"

消防员叔叔背上的他笑着说："又是你啊，小笨蛋，假的。"

这会儿我才冷静下来，又看了下周边的情形，才知道这只是小区内定期的消防演习。

被叫作"小笨蛋"的我知道是假的之后就放心了，红着脸扭头就嗒嗒嗒跑回家了。

我不知道自己冲出去的那一刻，脑子里想的什么，只觉得看见他时心里才踏实下来。

父母还是每天都在忙生意的事情，因为我学习成绩一直不错，他们也很少管我。我做完了功课后，还是会去客厅阳台仰望一下对面的窗台。习惯了不曾习惯的习惯，却依旧执着着不该执着的执着。

转眼间上初中了，开学报到那天我特别兴奋，因为我知道我们俩在同一个班级。想着可以每天见到他就莫名地开心。心里的小算盘已经打起来了，我早早地到了，没急着占座，就站在走廊上等鲸鱼的到来。他来得不晚，一进教室就很随性地找了个位置坐下。

我往教室扫了一圈，找了个他看黑板时眼神必须经过的位置坐下，鲸鱼就坐在我后面。没想到我在自己精心挑选的位置，一坐就是六年，别的同学变来变去，我们俩凭借着成绩好有优先选座位的优势，谁都不曾变过。

我耳力很好，经常竖着耳朵聆听他所在方向的动静，却不敢转头看他一眼。

鲸鱼的人缘很好，因为长得帅，女孩都爱和他一起玩。但我就不一样，慢慢长大的我，好像性格开始腼腆起来，变得很内向，二三好友已是极限。每天也不太说话，过着家、学校、食堂三点一线的生活。

记得有一次，放学刚出校门口，忽然有一辆黑色轿车停在我身侧，里头的人摇下车窗，是鲸鱼。他探出脑袋问我："看你每天骑自行车慢得跟只乌龟似的，要不坐我家的车，一起上下学怎么样？"

我当时心怦怦跳，因为他私下很少跟我说话，这种感觉忽远忽近的。我太紧张了，张口就想答应，转瞬一想，别的同学会怎么看自己啊？我们就是普通同学加半个邻居而已啊，于是蔫蔫道："算了吧。"

鲸鱼："没事儿，我就是跟你客气客气。"

我："……"

他总是这样，从小就喜欢欺负我，这种感觉是自作多情吗？我看他对待其他人并不是这样，比这高冷多了。但我喜欢他这是事实，这种暗恋就是百爪挠心，最后自己把自己抓得体无完肤，又无药可救。

我不知道和他同班后的那几年我是怎么度过的，除了完美的成绩单，我好像没有收获任何有意义的东西。很多时候我特别想大声地告诉他——我喜欢你。但我不敢说，我也不知道自己在害怕什么。按道理讲，从小到大被他捉弄惯了，根本不会怕被他嘲笑和拒绝，可能每个人心底总有一颗强悍的自尊心吧，或是怕这个梦就此破灭。所以我只能在心里对他说——我喜欢你，就像橱柜深处的棉袄，渴望青天白日的阳光；就像深藏多年的烈酒，渴望被人豪气干云地畅饮；就像那一抹天边的云，想亲吻一下海上的浪花；就像深蓝的大海，有鲸鱼在里面吐泡泡。

填大学志愿的时候，我选择了和他同一座城市的一所大学。但是专业不一样，他学机械，我学测绘，相辅相成。

到了大学，我们已经不是孩子了，褪去青涩后，他越来越有魅力，个子已经比我高一头之多，戴一副金丝眼镜，虽然还是那样消瘦，但格外好看。追他的女孩很多，他的身边总有一群陪他吃饭、陪他去图书馆、帮他占座的女孩。可我还是那个我，像个柴火妞一样，没什么特别之处，长相平凡，身材平凡，只是有一份好的成绩单而已。班上也有几个男孩子追求我，每天约我吃饭，给我买零食，可能是因为早已心有所属吧，再也看不上任何人，我都没有搭理。

"暑假回家吗？"我埋头去图书馆的路上，突然听到有人对我说话，这个声音我再熟悉不过。

"回，你呢？"

我总盼着你能看见我，所以我总是莽撞又小心翼翼地冲进你的每一个根据地，占据要害之地，直切中心，从此安营扎寨。

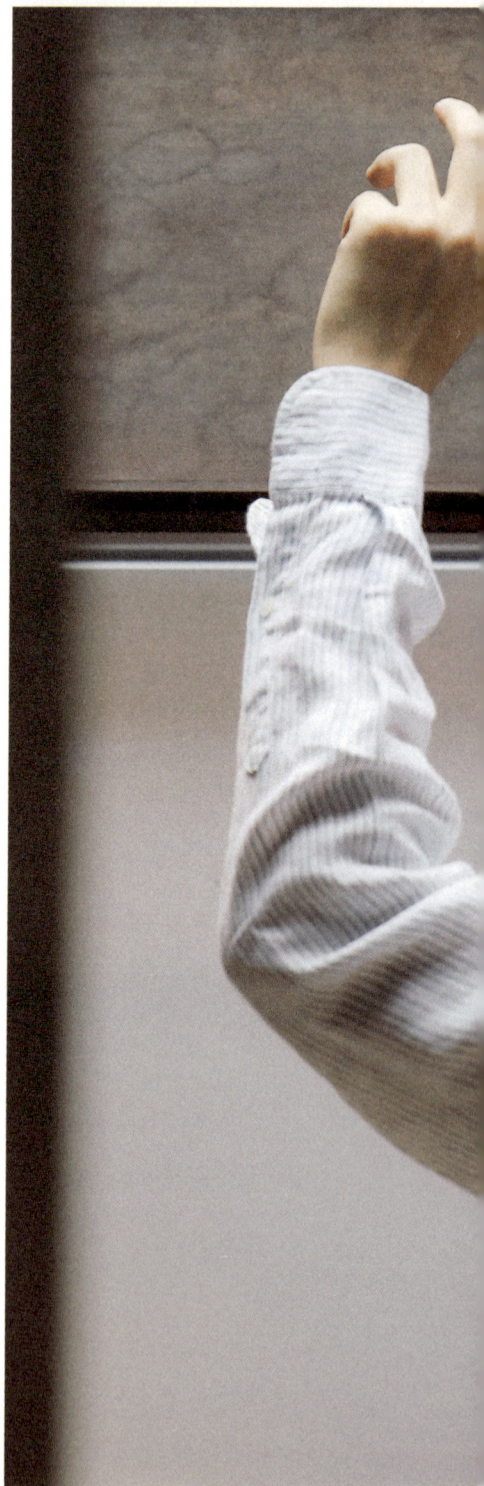

"一起吧。"说完他走了。

出发前的很长一段时间，我都在期待着和他一起回家的旅程。我早就过了花痴的年龄，但想到这件事就莫名地心跳加速。

虽然我自己明明是这场暗恋戏码的导演，但我清楚地知道自己已经丧失了喊"咔"的能力。

回忆的片段拼拼凑凑的，我只记得那是我离他最近的一次。我们肩并肩坐在火车上，他说："你怎么还是这么瘦？多吃点。"

我只是笑着回答："在女孩子中，我已经不算瘦的了。"

其实内心特别想跟他告白，告诉他我有多喜欢他，话到嘴边却总是说不出口，喉咙里像有一口白酒，舍不得吐出来，又不敢咽下去，烧得慌。

直到他问我："怎么不交个男朋友？"

我愣住了，很久没有作答，默默地在心里重复：因为你，因为你……嘴上还是倔强地反问："你还不是没有？"

"谁说我没有？我交了女朋友啊。"

他说完这句话，仿佛火车静止了一样，外面的风景也从忽远忽近变得完全模糊。我嘴上笑着说"挺好的"，但感觉自己的灵魂却飘出了很远很远。

这一路我们都没怎么说话。

我用心编织的梦就这样破碎了吗?

火车晃晃悠悠一路向北,他迷迷糊糊地睡着了,头靠在我的肩上,这是我们最亲密的一次接触,他身上散发着淡淡的肥皂香,两条长腿因狭窄的空间不能伸直而蜷曲着,白色 T 恤衫只有几个不明显的褶皱。柔软的头发扫在我的肩膀上痒痒的,他像个熟睡的孩子一样呼吸均匀。

这就是我朝思暮想的人,他从男孩变成了男人。任何时候的他,都是那么容易让我心动。整个暑假我都无心做其他事,想来想去,总要给自己个交代。

我从来没想过要向鲸鱼表白,自认为这是一场明目张胆的暗恋,一路追随,一路仰望,甘之如饴又心力交瘁地跋涉了九百九十九步,只为了等待最后一步的圆满。而这最后一步的主人,无论如何也必须是他。

睁眼瞎也不带这么严重的,除非他……熟视无睹。

直到他那天在火车上告诉了我他有女朋友了。

我知道我等待了那么久的最后一步,将永远空缺。但我又万般不甘心,开学第二天跑去他们学院的实验室找他。

鲸鱼笑得人畜无害："有事？"

"嗯。"我鼓足勇气，想要把这些年的悲与欢一道吐个痛快。

忽然，实验室的门开了，是他现在正儿八经的女友。看到她时，我心里在打鼓。女友手里拿着一叠纸，道："在忙？我正准备找你签字呢。"

他说："好。"

我忍不住问道："签什么字？"

我们两个异口同声。

女友正要说话，鲸鱼抢答："出国留学申请表。早就在办了，你以后要好好照顾自己了。"

我呆住了，愣在原地，所有喷薄欲出的话，在听到他的回答后，全部倒回了肚子里。

岁月推进，那些话，在五脏六腑间，一点一点烂掉掩埋，在心底最柔软的地方发酵腐烂，直至蒸发。

后面的日子，校园里再也见不到鲸鱼的身影了，过年放假回到家，我打听到，鲸鱼一家的房屋早已转卖，举家搬走了。

毕业的那天，我穿着学士服，想象着他像往常那样跟我道别，多年后我才明白，那天与我道别的是我的青春。

历时十余年的追逐，我不能说现在的自己是一个非常优秀的人，起码能养活自己，在专业上取得了一些小成就。

2018 年，C 位一词大热，我坐在电视机前，看着电视节目上青春洋溢的年轻女孩又唱又跳，回顾自己那场盛大且漫长的暗恋，泪流满面。

鲸鱼你记得吗？小学的时候，我就搬到你的对楼，如果你站在窗口望风景，微微俯视，就能看见我，因为我一直在仰望着你啊。

到中学了，我坐在你看黑板视线的必经之地，如果你认真听老师讲课，微微抬头，就能看见我。我知道你会认真听课的。

后来上大学，我学了与你相关的上游专业，你所有的机械设计，都将建立在我的数据分析之上。如果你以后入职场不转行，日日月月年年，你都能看见我。

我总盼着你能看见我，所以我总是莽撞又小心翼翼地冲进你的每一个根据地，占据要害之地，直切中心，从此安营扎寨。

原来这个地方叫 center，你视线的中心地带，传说中的 C 位。

可是我忘了一件事，你是个路痴啊，你方向感那么差，哪会知道

C 位在哪里。你说我笨不笨？是啊，我肯定笨死了，不然你为什么叫我小笨蛋呢。

我仍记得你对我说的第一句话："谢谢你送我回家。"

我也想对你说："鲸鱼你好，我叫花花。你记得我吗？"

"我当然记得你啊，怎么会忘记，你是那个小笨蛋啊。从你第一次送我回家那天起，我就记住你了，当时也不知道自己为什么会那么信任你，会把地址给你，可能是因为我们年龄相仿吧。

"还记得那次我家'失火'吗？那是咱们小区的消防演习，我家被安排为'失火家庭'。当我看到你满头大汗、嘴唇发白地跑过来时，突然觉得你好可爱。这样的女孩应该会是很好的女孩吧，是值得被深深爱着的女孩吧。当我知道你搬到我所在的小区时，我高兴死了，哪怕外面是大太阳，我也恨不得天天出去玩，想着能不能看到你。后来遇见你那么多次，你都没有跟我打招呼，我太着急了，才会在学校门口问你要不要和我一起回家，那时也是年纪小不懂事。

"我从来不敢站在阳台上往下看，我想看见你，又怕看见你，万一和你眼神对上，我或许会控制不住泄露自己的小秘密，慢慢地，那个地方变成了我的禁地。你可能不知道中学的六年是我最开心的六年，每天抬头都可以看见你。你今天穿了什么衣服，哪天又换了什么样的发型，我记得比语文必背课文都熟。为了能一直如此，我拼命地学习，其实我对学习没什么特别大的热情，只是单纯地为了考出个好成绩从而拥有可以随便选座位的权利。大学，我们都长大了，成熟了。你变得越来越漂亮，看到身边总有一些男生追求你，我心里醋劲儿可大了，但我只能祝福你，希望你找到一个真心疼你、照顾你的人。当我在火车上靠着你肩膀的时候，我的心都快跳出来了，如果不是假寐，我根本就没有办法理所当然地靠你那么近。

"我只是个普通的人，我需要倾诉，想法和心事需要与人分享，她说她愿意做我的聆听者，于是就有了你看到的所谓的女朋友。她是妈妈朋友的女儿，我和她自始至终只是朋友。其实我并不是出国留学，而是出国治病。从小学休学开始，病魔就一直缠着我，如果我再耽搁，随时都有可能恶化。对不起，我只能学偶像剧里那些恶心的桥段一样，说我有了女朋友，好让你自己放弃。你可能觉得我没那么喜欢你，但我的理解是，我太喜欢你了，不想辜负你。跟我在一起你会很累，我不希望把自己孱弱的一面呈现在你的面前。不久的将来，一定会有人对你好的，你那么善良、优秀，只是我没有福气变成那个人。我只能冷淡待你，因为害怕自己给你希望。

"我很喜欢看动画片，那些小故事总是教给我们大道理，机器猫坐着时光机穿梭到八十年前去找大雄，多么美好，我也想再重新遇见你一次，以一个健康勇敢的自己。

　　"你知道吗，我很喜欢大海，它干净纯粹，像你一样。如果有一天，也许不应该说这样的话，但我说如果，万一我不在了，你有空去看看大海吧，那是我想你时流下的眼泪。也许表达方式不一样，但用整段青春去喜欢你，是我做过最奢侈的事了。再见，花花。"

一个笼子在寻找 一只鸟

02

有时候生活真的是一出悲情戏，要时刻让自己保持安静，把思绪沉静下来，减少对事物的探求和渴望，只做一个出色的聆听者。

今天早上看到这样一篇推送，题目是《不要在最好的年纪，做最糟蹋自己的事》。文章的大概内容是，一个十八岁的嫩模把自己的初夜以昂贵的价格卖给了富商。

我们先不谈论这件事中主人公的做法对与否，我想探讨下价值观和社会关系的问题。

文章下有不少评论，很多女孩对这件事表示赞同，原因如下：

"我跟我男朋友在一起六年，现在也分手了，他不忠诚我还倒贴，凭什么？照我说，男人就没有忠诚的。"

"从得失价值上来看，这个做法没毛病。"

"我觉得没什么啊，自己的身体自己做主，让它实现最大的价值。"

……

看到这样的评论，我很吃惊，这个世界怎么了？

这种做法不仅会让一些思想不成熟的女孩效仿，也极易让人滋生"赚钱容易，懒得去赚难挣的钱"的想法。她们不再相信爱情，会把对她们好的男孩子拒之门外。

十八岁，这样的年纪应该在干吗？

应该坐在教室里上课，应该期待大学生活，应该对未来有很多很多的憧憬。

我边喝水边看这则新闻，不知不觉地，想到了一个我的朋友。水杯暂且放在桌上，我来讲讲她的故事吧。

青鸟小姐出生在云南乡下的小地方，家庭并不是很富裕，家中还有一个哥哥。有可能是因为小地方的习俗，重男轻女比较严重吧，从小到大家人的关心和疼爱，青鸟小姐从没有感受到，相反地，哥哥一直是家里的宝贝。这让她的性格变得懦弱、敏感、多疑。

很多人，包括她自己都觉得，自己这辈子就会这样没什么存在感地度过。但是老天不这样想，它公平地对待每一个人，它让这个世界成为一个让人有所希冀的地方。

发生在你身上的事，没有一件是绝对正面或负面的。它是给予你正面的力量，还是带给你负面的累赘，都出于你自身的诠释。你心中的态度，决定了它的意义是正面还是负面。所以，决定你是否快乐的关键是你的心境，而不是你的遭遇。

漂亮的青鸟小姐在十八岁那年，考进了上海一所大学的表演系。

我忍不住动情
你却成为飞鸟
远走，游鱼无去
我变成了笑话。

也许是因为出众的长相，也许是因为羞涩的性格，也许是因为眉眼里的那点笑意，普通话都不是很标准的她入了考官的眼。在外人看来这是鸡窝里飞出了金凤凰，真是件可喜可贺的事情。

但是在她爸爸妈妈眼里，这个"金凤凰"要交昂贵的学费，要使家里产生很大的开销，学出来也不一定能有什么出息。因此，他们反倒是因为她考上了大学，更没给她好脸色。

青鸟小姐离开家的那天，没有想象中的父母叮嘱，没有朋友送别，独自一人伴着早晨露水的清新，悄悄地离开了。兜里揣着翻箱倒柜找到的学费，她再也不想在这个地方多待一分钟，虽然不知道外面的世界怎么样，毕竟她从来没有走出去过，可她却很是期待。

多情又无情的地方，是故乡，也是异乡。

她不知道晃晃悠悠地坐了多久的火车，睡梦中闻到了饭菜香，听到了婴儿的啼哭声，醒来时，车窗外的地名标牌上，写着两个字——上海。

这就是她心系的上海？这就是电影里出现的上海滩？

青鸟小姐顿时觉得空气都变得不一样了，潮湿的空气中带着甜味，陌生的环境中带着亲切，害怕中又带着隐隐的期待。火车上邻座给她写的坐公交车路线的字条，已经被她出汗的手攥得看不清字了。

她到底还是顺利地到了学校，然后交学费，办入住。一切看起来都那么顺利。还是和以前一样，仿佛没人注意到安静得没有存在感的她。

一个人的性格，跟小时候的成长环境、长大后的眼界这些因素是分不开的。很多时候我们沉默不语，不是不想说话，而是不知从何说起。

想说话、爱说话、会说话是三件事情，青鸟小姐在寝室受排挤的原因就是这三件事没有做好，在别人想要听她说话的时候，她没有说话，不需要的时候，却滔滔不绝，不然就是说出来的话遭到大家的嘲笑或白眼。

青鸟小姐想融入集体，却屡屡失败。

"杨树林品牌的粉底好细腻哦，我推荐给你哦。"

"杨树林是啥牌子？"

"……"

"你觉得咱们班某某是小狼狗还是小奶狗？"

"狗？"

"……"

☼

这种尴尬的氛围她自己也能感觉得到，却没有办法改变，性格本来就敏感的她变得越来越不想和大家交流，也慢慢变成了同学眼中的异类。唯一能让青鸟小姐高兴的事情就是见到班上的一个男同学，他总穿着一件白色的衬衣，衣服虽然看起来没那么新，但是很干净。笑起来脸上有两个梨涡，头发微长，有时会挡住他深邃的眼睛。十八九岁高高的男孩子，阳光帅气，每个女孩见了，都会喜欢。

一堂表演课，大家都三五成群地坐在一起，青鸟小姐有意坐在男孩旁边。

"有人说过你长得像陈坤吗？"她鼓起勇气问他。

"还真没有。"男孩回过头望向她，嘴角带着笑意，"我叫元青。"

这堂课具体讲了什么内容青鸟小姐不知道，她也根本不感兴趣，当初决定来上这所大学，更多的只是想离开那个家。

课后，只有脑子里那张微笑的脸挥之不去。

青鸟小姐开始频繁地和男孩接触，两人一起约着吃饭，在学校草地上谈论剧本，去学校的放映厅看电影，慢慢地，她知道了一些网络用语，也开始会讲冷笑话，人也变得活泼了一些。

在她眼里，男孩是一个有梦想有抱负的人，他怀揣着电影梦，并且努力上进。反观自己，对什么都毫无兴趣，自己都不知道自己想要什么，每天混沌地过日子。

青鸟小姐从男孩的身上了解到，没有追求、没有目标、没有梦想是件很可怕的事情，至于自己以后到底要干什么，青鸟小姐一无所知。

在十七八岁的时候，我们总是迷茫的，我们享受着校园生活，也担心着未来。所有事情都喜欢按照自己的想法来，但是真正遇到重要的需要抉择的事情时，又没了主见。明明远方就在前面，但就是会被层层迷雾包裹住，令我们分不清方向，理不清思路。很多人没有意识到，在那个时候，其实人生的战争已经悄无声息地吹响了号角。

"你看，那是青鸟吗？"

"真的是她，不会吧？"

"是啊，外表看起来什么都不懂，没想到这么有心计。"

"啧啧……"

电影院的光线弱得只能透过荧幕反射到观众席，虽然中间隔了很多座位，但元青还是在这若隐若现的光线中看到了青鸟小姐。她依偎在一个男人身上，男人正侧过头吻她，从侧脸能看出那个男人正是他们的班主任老师。

青鸟小姐下意识地朝四周看了看，可能是元青的目光太过炙热，他们四目相对之后，她的眼神开始四处逃避。

"我肚子有点不舒服，去下卫生间。"元青跟刚才议论的两位女同学说，起身便走出了影院，拉紧衣服步行走回了学校。

从那以后，他们两人再也没有说过话，好像都在刻意地回避着什么。毕业后，元青考上了上海话剧中心，做了一名舞台剧演员，每天忙于排练演出。交往过几个女朋友，但由于各种原因最后没能走到一起。青鸟小姐没有了消息，班上的同学也都不知道她去了哪里，仿佛从人间蒸发掉了一样。

多少人因不告而别，被人悄然无息地遗忘。

元青所在的剧团要准备排演新的剧目，他躺在床上看新的剧本。枕头底下响起手机的铃声，是一个陌生来电。

"喂，你好。"

"好久不见了，不知道你还记不记得我？"

"你是？"元青心里一紧，她为什么会给他打电话？

"我是紫彤，你大学同学。"

"哦，紫彤啊，你怎么会突然联系我，我记得你考去了吉林艺术

镜子里的你
还是你器里
的样子吗
····· ·····

中心吧？"元青放松下来，看来是自己多想了。

"对啊，来上海演出，想看看老同学，毕竟咱们班毕业做这行的也没几个。"

"没问题，请老同学吃饭。"

元青穿了件白衬衫和一条牛仔裤就出门了，从大学到现在一直都没怎么变过，他对穿衣服也没什么讲究，只要干净就行。要说这个人闷，他确实不爱讲话。上学的时候，同学们就说他无趣、呆板，但是元青这样的男孩还是很受女孩欢迎的，毕竟这是一个看脸的时代，无论性格怎么样，颜值这一关，他总是轻轻松松就能过。衣着如何，旁人便直接忽略了。

他推开预定好的包厢门的那一刻，整个人都呆住了。很难形容当时的心情，尴尬？害羞？不知所措？估计更多的是没做好心理准备吧。

"头发剪短了？"

"啊……天热，再加上角色需要。"元青下意识地摸了摸头。

"挺精神的。"

"那个，就咱们俩吗？"

"对啊，你还希望有谁？坐啊，傻站着干吗？"

"没，不是紫彤约了我？"元青拉了张凳子坐下来。四目相对的一瞬间，他脑子里突然回忆起当初电影院里的那一幕。

"她不会来，是我让她约你的。我怕自己约你，你不出来。"青鸟小姐说着点了一根烟。

"怎么可能？都是同学。你怎么样？过得好吗？"

元青说这话的时候，不动声色地打量了一番青鸟小姐，她的头发烫了卷，更有女人味了。精致的妆容配着红唇，比他们团里的女演员都会化妆。一身绿色的连衣裙上镶嵌着金属的装饰，看起来很成熟。这些年确实变化比较大，不知道她经历了什么。

"我啊，不好不坏，如果我把这些年我经历的事情都告诉你，你可能会对我很失望吧。我没有你那么有理想，活这么大，突然发现这世界上没一个人真诚，谁都不可信，假惺惺的让我感到恶心。我算是明白了，唯有自己强大了，才能救自己。有时候特别怀念以前那个什么都不懂的自己，那个时候虽然挺无知的，却最单纯。这次来上海，突然就想见见你，你怎么样，过得还挺好的吧？"青鸟小姐吐着烟圈，眼神透露出些许落寞。

"你和咱们班主任分了？"不知道为什么，元青很想知道这个问题的答案。

☼

"早就分了，其实他挺喜欢我的，但是他的身份注定了我们不能在一起。我不是和你聊过我的家庭吗？我跟你说件特别好笑的事吧，我哥哥在外面打工，过年我们都回家看父母，过完年要离开的时候，妈妈给我哥准备了腌制好的排骨，让他在外面打工小心，注意安全。你猜她给了我什么？她随意抓了一把香菜，让我带回上海吃，可笑吧？这样的家庭我真的不知道该怎么面对。"青鸟小姐苦笑道。

　　"我没有钱交下一年的学费，是班主任帮助了我，他给我办了特困生补助，其他的费用他来承担。当时我真的走投无路了，他又对我那么好，所以我决定跟他在一起。后来的事情只有紫彤知道，是她陪我去打的胎。我以为我在班上唯一的好朋友就是紫彤，原来很多事情我们看到的都是表面，当初竟然是她帮助班主任追求的我，而她也通过班主任的关系顺利毕业，并且如愿回到老家的艺术中心。我以为班主任会和我结婚，没想到去医院打胎的钱是他偷偷转给紫彤的。元青，你说，看过人心的这一面，我对这个社会会有好感吗？无论是在家里，还是在学校，这一切的一切都让我感到厌恶。后来的事情想听吗？更精彩呢。"

　　青鸟小姐慢条斯理地讲述着那段感情，语气平淡，无波无澜，仿佛这不是她所经历的事情，从她的神色能感觉出她已经完全释然。

元青从兜里掏出一根烟点燃，心里说不出什么滋味。突然觉得自己好像一个傻子，还是一个不问世事的傻子。同在一个班级，他居然什么都不知道。但明显的感受是，这么多年没见，青鸟小姐和以前不一样了，她不止外表成熟了，思想也成熟了，可是这种成熟，却显得有些偏激。她早已不再是那个在草坪上和自己聊东聊西、嘻嘻哈哈的单纯女孩了。

他强装镇定："然后呢？"

青鸟小姐笑了笑："你还是那副傻样，只会一声不吭地听我说，就会问然后呢然后呢。事情的发展很狗血，然后我当然就从他家搬出来了，为了学费，为了生存，为了钱，我必须出去打工。上海有家全国都知名的娱乐场所，你应该听说过吧——金碧辉煌？"

元青再傻也知道那是什么场所，只是不敢相信青鸟小姐会去那里工作，他此刻有点不想也不敢听后面的故事了。

"我去了金碧辉煌做啤酒妹，穿着统一的塑料材质的衣服，在每个包厢推销啤酒，成功了，一打啤酒可以提成三十块钱。你也知道去那里寻开心的都是些什么人，女孩子很容易被欺负。为了提升业绩，我忍受着他们的言语骚扰，让我吹一瓶就买一打，我会照做，我的酒量也是在那个时候练出来的。每次看到那些坐在客户旁边陪他们喝酒聊天的姑娘，我都会告诉自己，我不是那样的人，我做的是正常的销售。时间真的是把好东西，它能改变一切，包括你的思想。慢慢地，随着我业绩的提升，我认识的客户越来越多。他们开始追求我，约我吃饭、看电影，展现的都是极其绅士的一面，一个个都打着谈恋爱的旗号。几年后我才发现，他们不过是厌倦了陪他们玩的姑娘，觉得我单纯容易骗。我都不知道这算不算恋爱，可能对于我来说算吧，因为我太缺爱了，别人一对我好，我就脑子发热。对于他们，我应该就是消遣解闷的工具。其实我也有点收获，我收获了钱啊。那一刻的想法突然变得很简单，谈什么感情，钱才是万能的，有了钱，我走到哪儿腰杆都是直的。奇妙的是，我想开了这件事之后，那些男人也都察觉到了，他们更加放肆，慢慢地，竟然公开让我介绍别的姑娘给他们认识。唯一的报酬就是，我能收获大量的钱，呵。"青鸟小姐自嘲地笑了笑，反问道，"你现在是不是觉得我很脏？"

青鸟小姐用一种很期待的眼神看着元青，这种期待仿佛渴望得到肯定答案，又像是期待着不一样的答案。

元青没有说话，他知道她做的是什么职业，也知道她的苦衷。很多事情的确是不得已，但是你也有选择的权利，你可以选择不做这个，去做别的。苦衷不能作为你堕落的理由。

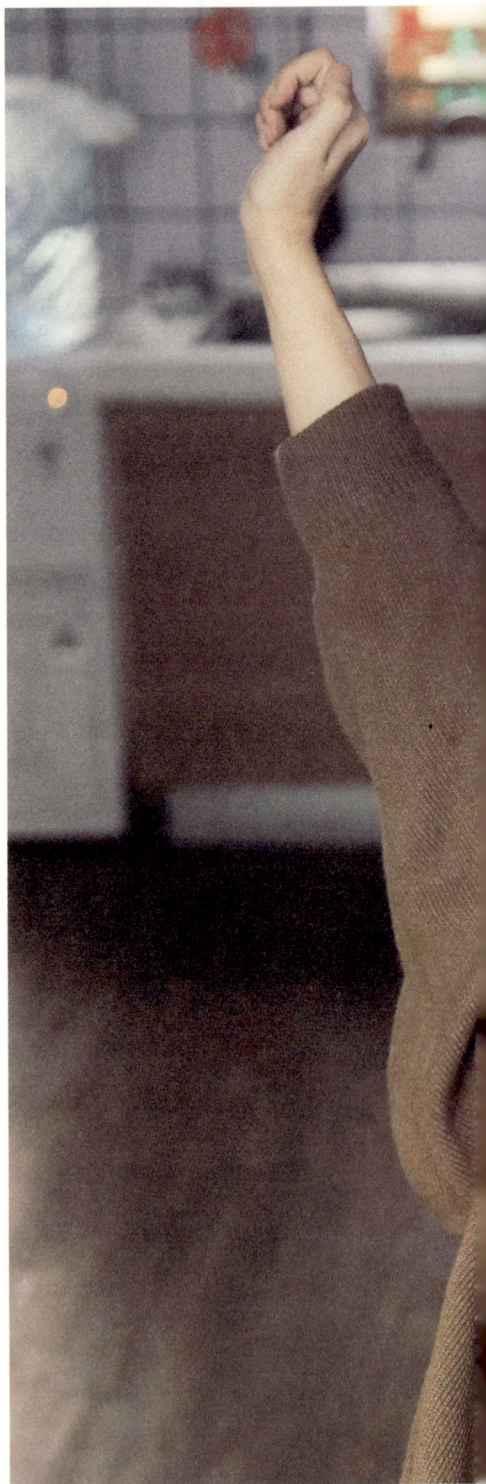

在十七八岁的时候，我们总是迷茫的，

我们享受着校园生活，也担心着未来。

不过这一刻，元青不能责备她，也没有资格责备，他更多的是心疼，是惋惜，一个那么单纯的姑娘，为什么会变成这样？

"你后悔吗？"元青问这句话的时候没有看她，眼睛一直盯着冒着热气的火锅。他真的一点儿也不想听这样让人心里发堵的故事，如果青鸟小姐所经历的一切能随着热气蒸发掉，此刻站在他面前的还是当初那个嘻嘻哈哈傻乎乎的青鸟小姐该多好。

"世界上没有卖后悔药的，做了就是做了。不瞒你说，我当时已经赚够了下半辈子可以花的钱，我给家里买了房子，爸妈对我的态度180度大转弯，只要他们开心就好。我真的长大了，不会再去比较他们对我哥哥更好还是对我更好这种没有意义的事儿了。你要问我后悔吗，我就后悔一件事情，就是这么多年了，我为什么找不到一个真正爱我的人，为什么我的人生没有真正的爱情？

"去年我收手了，改了名字，去了厦门。我看见电视上介绍厦门有很多文艺的咖啡店，街道都特漂亮，所以我选择去那儿重新开始，找一个真正爱我的人，有一个属于自己的归宿。我把所有的奢侈品都卖掉了，在厦门租了一间房子，开始了全新的生活。

"他是做销售的，长得一般，经济条件也一般，但对我很好。嘘寒问暖，把我照顾得无微不至。我终于找到了恋爱的感觉，像所有甜蜜的情侣一样，我们一起逛街，在大街上同吃一个冰激凌，我们一起去旅游，拍很多照片。我以为我们会这样一直走下去，可你知道吗？有个很可怕的东西叫习惯。我之前赚钱太容易了，导致花钱大手大脚。我尽量控制自己不让他发现我花钱如流水的习惯，但他还是感觉到了，比如我很喜欢吃车厘子，就一箱一箱地买回家。我们总是因为这样的琐事吵架，他觉得这样的消费习惯跟我们的经济水平差距太大了。后来他工作不顺利，开始拿我撒气，如果我顶嘴，他便找到了发泄口，甚至会动手打我。我一再忍耐，是因为我怀了他的孩子。我觉得两个人在一起，包容、理解很重要，所以我尽可能地忍。

"有一次，我无意中发现他在微信上和一个女孩搞暧昧，实在是忍无可忍，便和他发生了争执，他再次动手打了我。我力气没他大，摔倒在地，他对着我的肚子猛踢了几脚。在医院的病床上，我把一生的眼泪都流干了，为我没出生的孩子哭，为我失败的感情哭，为我落魄的生活哭。医生告诉我，这辈子我都不可能有自己的宝宝了。"

青鸟小姐说到这里，哽咽了，眼眶红红的。

元青不知道该怎么安慰她，他还没从刚才的故事里缓过神来。

有时候生活真的是一出悲情戏，要时刻让自己保持安静，把思绪沉静下来，减少对事物的探求和渴望，只做一个出色的聆听者。

"瞧我今天，话怎么那么多呢？跟你说了这么多关于我的无聊故事，估计你也听烦了。我这次约你，是来跟你告别的，因为过去只有你让我在大学感受到了人生中最单纯快乐的时光，有一段那么美好的光阴，也挺不容易的，算是很珍贵了。如果你今后有需要我帮忙的地方，你都可以跟我讲，只要能帮得上的，我一定尽力。最近我在学英文，我准备出国了。"

"你准备去哪儿？"

"还没想好，世界这么大，我想出去走走，找一个喜欢的国家定居下来。收养一个孩子，享受自己的生活。"

"挺好的，你和我讲了这么多，我这张笨嘴也不知道该跟你说些什么，我目前的生活挺好的，不需要帮助，谢谢你。但是不管怎样，我都希望你可以照顾好自己，随遇而安，很多事情无须强求。"

生活本来就是一场游戏，有时按照正常的游戏规则来，反而会失败，也许换种玩法，就轻易通关了呢。

青鸟小姐仿佛从这个世界上消失了一般，和上次一样，没人知道她去了哪儿，也没人在乎她去了哪儿。每个人都在忙着自己的事情，

☼

工作、家庭、社交、聚会。

元青先生年复一年地做着自己喜欢的工作，每天排练演出，从来都不会觉得腻。

他越来越觉得一个人能把自己的爱好当作职业真的是件太幸福的事情了。

他自编自导了一部独幕剧——《一个笼子在寻找一只鸟》，这部剧大概讲述了一个单纯的女孩为了生活选择了让很多人看不起的职业，在别人眼里变成了堕落的、风尘味十足的女人。虽然有心酸，有同情，但这部剧更是从侧面反映了一定的价值观。

这是一部先锋话剧，一经面世便备受好评，业界人士都夸他是个有情怀、有想法的人，元青先生在很多国家进行了这部剧的巡回演出，每次演出谢幕他走到舞台中央向观众席鞠躬时，心里都会默念：愿你幸福。

在奥克兰的那场演出结束后，当他鞠躬起身时，发现第一排的一个姑娘赫然起立为他鼓掌，干干净净一袭白裙，岁月在她脸上还是留下了痕迹，不能说很美，但很自然。她的身边有一个外国小孩张开双手，嘴里喊着"妈妈，要抱抱"。

他们相视一笑，元青知道现在的她，应该很幸福。

这就是我这个朋友的故事，我不想去谈论她的选择正确与否，每个人都有自己的生活方式。不论好坏，我们一旦选择了，就应该为自己的选择埋单。现在很多年轻人喜欢标新立异，喜欢与众不同，但不是所有另类的事情都是对的，要考虑我们能不能承担这样做的后果。

社会大众都不赞同的事情一定有他们不赞同的道理。一个笼子在寻找一只鸟，安安分分做好我们自己的事情，成功的道路上真的没有捷径可言，命运永远掌握在自己手中，希望年轻的你，找到那个属于自己的笼子，它可能没有雕栏玉砌，也可能没有珠围翠绕，但它只属于独一无二的你。

大院子里的　小椅子

03

假如有一天我们丢失了自己，别着急，打开我们的双手，左手是大院子，右手是小椅子，合在一起，中间的就是现在的你。

我经常会被记者问到——你最喜欢哪个城市？可以跟我们说一下对这个城市的印象吗？

每到一个国家或者城市，我基本都是去工作，行程匆忙，吃了当地人推荐的美食，逛逛酒店楼下的便利店，感受一番当时的气候温度，但是根本没有时间好好停下来去感受这个城市的温度。

前年去法国巴黎工作，有一天上午就收工了，我心情很好，便请司机载我去巴黎圣母院，心里特期待能会一会我印象中的"卡西莫多"。

印象中，那是一个安静温暖的午后，我下了车，就让司机先离开了，想一个人随便逛逛。我背着一个双肩包游走在不同肤色的人群中，等走到巴黎圣母院的正门时，我顿时兴致全无，排队等待进去的长龙看不到尽头，四周都是亚裔伴侣正表情甜美、身体僵硬地拍着婚纱照。我绕到了正门后面的喷泉，脚踩着落叶，发出吱吱的响声，这是一片供人休息的小树林，有水龙头，有长椅，景色颇好。

我弯腰洗了个手，坐在长椅上晒太阳。阳光透过树叶的缝隙洒到我的脸上，那感觉真是太舒服了，身边的鸽子飞来飞去，在寻找路人撒下的面包屑，流浪汉拿着矿泉水瓶接水龙头的水，正酣畅淋漓地仰头喝着。我从书包里拿出耳机，听着喜欢的音乐，望着眼前形形色色的人，这样的午后真的太惬意了。

抬眼望去，远处有一对年轻的情侣在靠着树干热吻。

我忽然想起自己曾经看过的一篇文章：一个华人在乘坐巴黎地铁的时候，突然一位少女从座位上站起来，手里捧着一本日记，然后大声朗读，声音哽咽，最后放声大哭。没多久，地铁到站，女孩向乘客们深深鞠了一躬后，哭着跑出车厢。华人虽然听不懂内容，但心里却想，这种不顾他人眼光做自己事情的情形也就只能发生在巴黎这样浪漫的城市了。这时，旁边一位与女孩年纪相仿的男孩猛地从座位上站起来，冲出车厢，搂住女孩热吻起来。

华人按捺不住自己内心的波动，大骂脏话："这他妈才是法国。"

很多时候，国与国、城市与城市之间，存在差异的不只是文化，还有人的内心，人被浸染上一座城市的气息是需要一定的时间的，而人生观、价值观的建立就只有那几年的黄金时期，再往后，需要重新推翻适应，最后重塑，太难了。

就像我们爱一个人，一旦爱了，如果入骨，再想要把那人从我们的世界里剥离出去，简直难如登天。

我是个神经病
只有一味药能治好
那便是你。

去年去米兰录制节目，节目组为我们准备了一栋别墅，房间设计感十足，每个房间的色彩不同、主题不同。我收拾好行李走到院子里，在台阶上坐下，拿出随身携带的本子，准备写点东西，突然注意到院子中央放着一把小椅子，像幼稚园的小朋友坐的椅子，小巧精美，那把椅子在树木花丛中，颜色显得很鲜艳。我觉得特别有趣，这当然也是属于设计的一部分，也是我最喜欢的一部分。

这么大的院子里，放着一把样式如此独特的小椅子。它代表的是世界这么大，我们很渺小？代表着不管外面怎么样，我们都要保持自己的个性？代表着你越富有时，越要想想艰苦的日子？

我没有见过这栋别墅的设计师，也不知其中寓意，不管怎样，总逃不过两个关键字——大与小。

我想写一篇跟设计师有关的故事，去倒杯水吧，然后慢慢听。

"这双鞋多少钱？"

"280。"

"不能再便宜一点吗？"

"最低 260。"

琳琅满目的橱窗里摆着最新潮、最流行的运动鞋，在这个不到二十平方米的空间里，所摆放的款式却很多。被这个小店吸引前来的顾客络绎不绝，询价的不少，交易成功的也很多。与旁边那家倚在冷清的门口扇扇子的大妈相比，店主酒精先生显得特别忙碌，满头大汗的，一会儿翻尺码，一会儿给顾客结账，旁边的电风扇除了吱吱作响外，仿佛没有任何作用，汗珠从头发丝流到他的鼻尖，又一滴滴落到地上。

前来光顾的大多是女生，有独自一人来的，也有带妈妈来的。然而，光顾的原因除了想买双流行的运动鞋外，也想来看看这个穿着潮牌、特立独行的帅哥老板。

这时的酒精先生看起来还很稚嫩，很多人都不知道，他还只是一个高中生。

2010 年——

酒精先生高中毕业那年，云朵小姐是个准高中生，正值花季。她从小就喜欢穿漂亮的衣服，上幼儿园的时候，经常模仿电视上的模特走秀。五官虽然不能说是很精致，但是组合在一起很有特点。初中的时候她就很讨厌长头发，有个性地剪了波波头，一直都是班级里最会穿搭的女孩。

酒精先生从小就喜欢看漫画、跳街舞，为了培养自己的爱好，也为了赚学费，他才跟父母借钱开了那家鞋店。鞋店慢慢经营起来后，家庭条件本不算富裕的他过得还挺滋润的，交了学费后，还能剩些零花钱。

酒精先生和云朵小姐虽然年级不同，却在一个校区。高中部毕业那天，初中部也毕业，大家都在校园里面穿着漂亮的衣服互相合影留念。酒精先生穿了一件白色字母的 T 恤，胸前挂了一条项链，头戴一顶渔夫帽，松松垮垮的裤子下面搭配着一双自己店里的鞋。

云朵小姐怎么可能放过毕业合影那天打扮自己的机会？头发起早用夹子烫了弯儿，白色裙子上是红色波点，脖子上配了一条复古的项链，还化了淡妆。

操场上，初中部、高中部的学生都欢呼雀跃，互相合影，大家都沉浸在毕业的喜悦中。

"帅哥，借个火。"酒精先生在墙角抽烟，突然听到后面传来声音。回头一看，是个低年级的小姑娘。

"你年纪太小了，还不能吸烟。"他转过头没理她。

"我去你的店买过鞋子，算是照顾过你的生意，这点忙都不帮？"云朵小姐已经拿出了烟，这话让酒精先生不知道该怎么接，索性顺手给她点了烟。

她深吸一口，随后便被呛得咳嗽起来。

"不会吸烟逞什么强？"

"我从来没见你笑过，总是皱着眉头，你不会笑吗？"

"没什么事儿值得我笑，生活太无趣了。"酒精先生望着天，吐了一口烟。

"加下你的 QQ 吧，回头有好笑的事儿我讲给你听。"

"你加吧。"酒精先生把 QQ 号码给了她，他从来没见过这样的女孩，挺有意思。

她离开的时候，回了下头，有一瞬间，他甚至有些慌神，为了掩饰，他嘴角一扬，笑了。

多年之后，云朵小姐回想起这一幕：那天我跟你在墙角抽烟，其实我根本不会抽烟，只是想和你搭讪而已。走的时候，回头望了你一眼，看见你冲我笑了，我觉得空气中一下子响起了音乐。

2013 年——

大学毕业后，酒精先生去了天津工作，在一家游戏公司上班，每天朝九晚五，做着他喜欢的游戏设计，他的梦想就是能设计出一款被大众喜欢的游戏。然而，现实总是比梦想骨感，他上班做的都是公司下达的任务，每天加班加点，周而复始，毫无新意。

唯一能让他开心点的就是，云朵小姐隔三岔五就会在 QQ 上跟他分享冷笑话，这让他枯燥无味的生活中多了一勺糖，并不是很多，但很甜。

"在吗？"酒精先生坐在办公桌上画图，突然 QQ 窗口弹出对话框。

"为什么我给你发笑话你从来不回？压根儿就没看吗？好吧，也许你早就不用 QQ 了，我就当这里是树洞自言自语了。

"毕业后你去了哪里工作啊？你走了之后，我都很久没有买鞋子了，其他店里的，我都不喜欢。我过得挺不开心的你知道吗？他们离婚后，我跟了爸爸，他每天喝得烂醉，和许多女人谈恋爱，那个家我一点儿都不想回。奶奶跟我说我妈改嫁到山东了，还说她不是什么好女人，但毕竟是自己的妈妈，我能不知道吗？她一直都对我很好。我毕业后，她拿了一部分钱给我开服装店。我从小就特别喜欢搭配，看了那么多时尚杂志、综艺节目，跟着上面的学，可奇怪的是，搭配出来的衣服大家虽然喜欢，却不肯买，或者是不好意思买。可能是小地方，大家不太能接受这些太潮、太前沿的东西吧。

"我挺想去进修服装设计的，又不敢开口跟我爸讲，有时候自己画图、剪裁，特别像小时候玩过家家时给洋娃娃做衣服。我已经做出了好几件衣服了，这是我觉得很开心的事情。生活啊，就是有时开心，有时又很失落，唉，这样神经病的生活你能懂吗？"

"懂。"

"……"

"……"

"你在看？"

"我一直在看。"

"那你为什么不说话？"

"你想让我说什么？"

"你这个人真的是，那，看在这么多年我给你发笑话的分儿上，平时多跟我聊聊天吧。"云朵小姐觉得自己特别丢人，本以为对方是一个空号，谁想到他会突然"诈尸"。

"可以。"

酒精先生这么多年一直没回消息，想着也许是女孩一时兴起，等到热情慢慢散去，说不定哪天就终止了。他之所以从不回消息，是因为每天的工作已经压得他喘不过气来，他没有心思花在和人你一言我一语的聊天上。但是今天看到她发来这样一段话，他不禁想，原来这个世界上不快乐的人竟这么多，像"病友"一样一起聊聊天也挺好，毕竟自己也确实没什么朋友。

虚拟的时空粉碎了一部分现实的无奈，酒精先生和云朵小姐从QQ聊到微信，从学校聊到社会，从工作聊到梦想……慢慢地，双双都习惯了对方的存在，就像上班打卡一样，到了时间不问候几句，总觉得缺了点什么。

云朵小姐感觉酒精先生也没那么高冷，聊到他喜欢的游戏，他可以滔滔不绝讲很久，有时像一座冰冷的雕塑，有时又像一个活泼的孩子。

他们在这样的聊天中，帮对方找回自信，互相鼓励安慰，只是谁都没有注意到，在点点滴滴的渗透中，有些东西早已发酵了。

有些人的爱是单线程的，当这个出现时，就会忙不迭掐断另一个；有些人的爱是多线程的，他们可以同时开始许多段感情。所以，不要以为他对你深情就是真爱，他对你是这样，对别人或许也一样。酒精先生和云朵小姐都是属于没有安全感的人，他们都不知道，自己在对方的心里，是怎样的存在，这一场"打卡"般的陪伴，到底是不是对方的唯一。其实爱情什么样不重要，重要的是独一无二。

接到酒精先生回老家出差的消息，云朵小姐高兴了很久，每天都在盼着日子赶快到来，在等待的过程中，又有点不知所措和不安。她不知道自己要为这次见面做什么准备，她心里明白，自己好像喜欢这个男生，但是那种感觉又说不清楚。生活带给她的自卑，这么多年一直缠绕着她，她觉得自己配不上酒精先生，可是又很想尝试。对于酒精先生来说，云朵小姐是工作之余唯一能陪伴他的伙伴，这姑娘很可爱，单纯得让人心疼。

他也渴望拥有一段爱情，只是自己也很不自信，不知道能不能带给对方好的未来。

两人本来约了晚饭，但是因为客户迟到了，所以酒精先生的工作很晚才完成。他只能默默地在饭桌上发微信告诉云朵小姐，晚饭不能陪她一起吃了，改看电影吧。云朵小姐没有表现出自己的失落，订好电影票，化了个淡妆就出发了。

虽然在微信相册里见过对方现在的样子，但是见到真人的时候，感觉还是不一样。

在影院门口，云朵小姐站在台阶上四处张望，在电影即将开演的

☼

时候，她突然看到马路对面一路奔跑而来的酒精先生，他成熟了很多，头发剪短了，看起来干净利落，穿着西装边跑边扯领带。

"对不起，刚结束。"酒精先生喘着粗气跑到云朵小姐面前。

"咱们进去吧，电影已经开始了。"云朵小姐突然有点不好意思。

云朵小姐在看电影的时候，余光瞥见酒精先生总是偷偷看自己，她紧张得只能一个劲儿地吃爆米花，在她准备拿下一颗爆米花的时候，一不小心抓到了爆米花桶里面酒精先生的手，她下意识地往回抽，但酒精先生一把抓住了她的手，不让她挣脱。

空气突然静止，两人都没有看对方，云朵小姐仿佛能听见自己的心跳声——扑通扑通。电影后半段演了什么她根本不知道，两人一直保持着这个姿势，直到电影结束。

因为第二天一早酒精先生就要飞回天津，电影结束之后，两人没有在外过多逗留便分开了。云朵小姐回到家后，怎么也想不明白，他为什么要拉自己的手，却又什么都不说，搞得现在自己不明不白的。

云朵小姐越想越憋得慌，自己事业不顺利，家庭不幸福，难得碰到一个喜欢的人，对方却什么也不说，又莫名其妙被占便宜。这种不确定感让她感到焦虑，思虑过后，她拨通了酒精先生的电话。

"喂。"正在房间发呆的酒精先生接起了电话。

"你知不知道我喜欢你？"云朵小姐开门见山，声音中夹杂着委屈的哭腔。

"知道。"

"那你是不是也喜欢我，不然为什么牵我手？"云朵小姐直接问了出来，她人生第一次这么大胆。

"是，但我们没有办法在一起，异地怎么维持？太难了……"

还没等酒精先生说完，云朵小姐就大哭着说："那你牵我手干吗？给了我希望又什么都不说，你知不知道这样会让我很痛苦，我是闲的吗？这么多年一直给你发笑话，这段时间一直陪你聊天，还不是因为喜欢你。"云朵小姐顿了顿，整理了下情绪，最后说，"算了，反正明天你就回去了，我们就算了结了，就到这儿吧。"说完挂了电话。

电话那头的酒精先生被质问了一番，很蒙，他完全可以牵着她的手，把她领回家睡一觉，然后告诉她，我们在一起吧。但她是个好女孩，他不想辜负她，目前自己的状况自己最清楚，生活已经够不容易了，不知道能不能给她一个美好的未来。尽管这样想着，可他还是拨通了云朵小姐的电话。

"那行吧。"

"什么？"云朵小姐还在抽泣。

"咱俩在一起吧。"

云朵小姐明显愣了一阵，然后惊呼："真的吗？你说的是真的吗？"

渐渐地，他们都明白了，你最在乎的那个人，往往是最容易让你流泪的；渐渐地，他们也知道了，很多爱情可遇而不可求；渐渐地，他们还了解了，很多东西一生只能拥有一次，一旦放手，也就意味着失去。

2014年——

异地恋对情侣来说是一种考验，因为不在同一个城市，酒精先生经常需要飞过去看她，云朵小姐也会借口去北京进货顺路到天津看他。两人下了班就捧着手机视频，不管旁边有没有其他人。恋爱中的女孩总是熬不住长时间不见面，云朵小姐曾提出，要不把店铺出兑，拿着钱去天津跟酒精先生一起生活，她可以找工作，只要能跟他在一起，吃苦也不怕。但是被酒精先生拒绝了。这种事情需要深思熟虑，自己的经济状况不好，多一个人负担可能更大。况且女孩都是要宠着的，

我是要娶你诶
你应该原谅我。

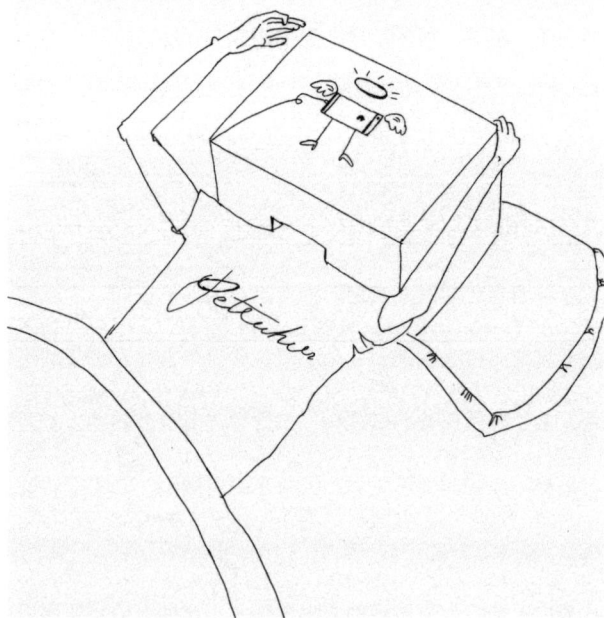

如果来了，只会跟着他吃苦，还不如不来。

春节期间发生的一件事，让酒精先生改变了想法。云朵小姐的爸爸再婚了，女方带着自己的儿子搬到了云朵小姐的家中和他们一起生活。房子本来就不大，现在多了两个人，生活起来自然很不方便。云朵小姐觉得爸爸婚后对自己更是不管不顾，重心全部放在那个女人和她的儿子身上。一天，云朵小姐回到家，看见爸爸躺在沙发上看电视，转身刚准备回自己的房间。

"云朵，爸爸有件事儿要跟你说一下，过来坐。"

云朵小姐拿起遥控器把音量调低。

"明天啊，我和你阿姨还有仔仔要去三亚，可能会一直待到过完年再回来，本来爸爸也准备带你去的，但是你阿姨把票都买好了，只有三张。你看……"

"没事，我也不想去。店里挺忙的，走不开。"

"那就好，那就好。"

回到房间，云朵小姐就把自己蒙在被子里，没一会儿，就哭了出来，这件事情她没有跟酒精先生说，不想让他担心。自己也不是小孩了，很多家里的事情，能自己消化的，尽可能自己消化。

他们走了之后，云朵小姐进行了一次大扫除，把屋子收拾得干干净净准备迎接新年。中国人对过年还是有情怀的，热热闹闹吃年夜饭，红红火火放鞭炮，开开心心看春晚，样样不能缺。

云朵小姐本以为自己一个人过年可以的，但是吃着速冻饺子看春晚的时候，眼泪倏地就吧嗒吧嗒往下掉。酒精先生和她视频聊天的时候，一遍一遍地问她眼睛怎么肿了，到底发生了什么事，云朵小姐忍不住了，一股脑地把自己的苦楚向他倾倒出来。

"你来吧，只要你不嫌苦，怎么着我也能养得起你。"酒精先生说这句话不是感情用事，也是下了一番狠劲儿。不管怎样，不能让她待在家里受苦，到自己身边起码能给她做顿热乎饭。

第二天，云朵小姐就出现在了酒精先生面前，两人开始了真正的同居生活。

他们一起去宜家买了很多生活用品，回到家后便开始布置，对于同居生活，酒精先生虽然有些惧怕，但也有所期待。云朵小姐对同居生活很向往，但是她没有做好足够的准备，她生活自理能力很差，不知道怎么交水电费，不知道怎么烧饭，她不知道两个人在一起生活自己需要做些什么。

酒精先生每天要烧饭，要处理各种大大小小的问题。两人住在一起后，不仅增加了彼此的经济压力，他花在各方面的心思也更多了。

☼

真正的爱情是包容，是牺牲，是患难与共，是相濡以沫，是不离不弃。爱情或许缘于心动，但一定会伴随着一种高于感觉与欲望的精神性东西而存在。总有一方要在爱情中慢慢改变，不断去适应对方，再稍加磨合，两人才会长久。

　　这样的生活持续了一段时间，酒精先生自然招架不住。本来一个人在路边买个包子就可以继续作图工作，但是现在多了一个人，要时刻照顾她。晚上他去应酬，刚开始的时候，都会带着云朵小姐一起，但因为她晚上十点钟就要休息，他便总是借故推辞，或者提前回家。后来慢慢地，她就不参加了。

　　生活压力大，经济压力大，这一切都令酒精先生的脾气变得越来越暴躁，情绪很不稳定。云朵小姐也尝试过做出改变，慢慢学着做饭，虽然没有那么好吃，但也不是毫无进步，家务活能上手的，也都会尽力去做。

　　白天上班的时候，酒精先生的方案没过，很沮丧。家里的顶灯坏了，网上买回来的灯需要自己安装。他一回到家，也不说话，爬上梯子便开始安装。工具不齐全，他又没有做过电工方面的工作，折腾了一阵后，弄得满头大汗，越弄越烦，情绪又开始不稳定，最终直接把手里的工具摔在地上。

云朵小姐在床边看着他，安抚道："休息一会儿吧，别着急。"

酒精先生没搭话，云朵小姐知道他不开心，于是把床上的大灯罩套在自己头上，丸子头正好穿过灯罩露出来。

"你看我，你看我。"云朵冲着他笑。

此刻的云朵小姐很可爱，酒精先生知道她是在故意逗自己开心，一个大男人还是尽量不要把坏的情绪带到家中，坏心情散去一些，酒精先生把她揽到怀中，笑骂她是个傻子。

云朵小姐做的饭味道越来越好，这种从味蕾上直接可以体验到的感觉，让她感到很开心。唯一令她发愁的，就是找工作。她每天都会看各种招聘信息，投大量简历。但是一没学历，二没经验，面试了很多家公司都没有成功。

这天酒精先生下班回来显得很兴奋，一进门就躺在沙发上，对着云朵小姐说："来，亲大爷一口。"

云朵小姐一下子扑在他怀里，吧唧就是一大口。

"今天这是怎么了？有啥好事不？发奖金了？"

"我帮你找到了一份工作，算不算好事？"语气中带着得意。

"真的啊？什么工作？快说快说！"云朵小姐激动得站了起来。

"就在我们公司楼下的一家服装店。先从售货员做起，表现好的话，可以升为店长。我跟老板说，你还会做设计，老板说，如果你的设计被他们采用，他们会单独给你设计费。"

"你怎么这么好啊，我太开心了！晚上我们去外面吃好的，吃完请你看电影。"云朵小姐高兴得满屋子转圈圈，酒精先生看着她笑弯了嘴。

晚上，两人在商场吃了东北菜，吃完又去了甜品店，一边吃着甜点，一边等着电影开场。

"酒精，好久不见。你也来吃甜品啊。"

"啊，对，介绍一下，这是我女朋友云朵，这是我以前的同事思雅。"云朵小姐打量了一下眼前这个漂亮的女孩，穿着时髦，妆容艳丽。

"思雅你好，坐下一起吃吧。"云朵小姐拉开一张旁边的椅子示意她坐。

"好啊。"思雅嘴上答应着，却没有坐在云朵小姐旁边那张被拉开的椅子上，而是直接挨着酒精先生坐下了。

"什么时候交的女朋友啊？"思雅问酒精先生，转头又对着云朵小姐说，"云朵，你是不知道，我以前在酒精他们公司实习，可多女孩追他了，当然也包括我，哈哈，别介意哈。但他一直都是佛系少年，谁也不回应，我们曾一度以为他喜欢男生呢。"

可能是女生的占有欲在作祟，云朵小姐不太喜欢眼前这个女孩的性格，她觉得思雅说话太随意了，有点不尊重人，但是面上却微笑应对着。

云朵小姐顺手便发了一条微博，内容表达了对这个女孩的不满。思雅是个很敏感的人，擅长观察细节，余光扫了一眼。

"云朵你也玩微博啊，来，咱们互相关注一下吧。"

"哈？好、好啊。"云朵小姐一边说着自己微博的ID，一边赶紧删除刚才发的微博内容。然而还没等她删除干净，思雅已经看到了。

"看来云朵是对我有误会啊，哈哈，我这人平时说话随意惯了，如果不小心冒犯了你真是不好意思。不过酒精，你这女朋友也太小气了，看来你以后有的受了。"

思雅拍了拍酒精先生的肩膀："不打扰了，先走了。"

酒精先生一脸蒙："怎么了？"

云朵小姐很尴尬，搞得好像自己做了什么见不得人的事情似的。她解释了半天，酒精先生没说什么，静静地吃着面前的冰激凌，而电影早已开场了。

这一年，酒精先生所有的信用卡都被刷爆，房租几度交不上，两人在生活上也多少有了些摩擦。云朵小姐为了减轻酒精先生的压力，改变了很多，但很多时候还是跟不上生活的脚步。

如果说爱情像水，并且还是白开水，天天都需要用到，热的可以喝，凉了也可以喝，隔夜的你可以用它来洗脸洗手，可是你要想说出它怎么个好喝法儿，或是多么有营养有价值，难，也用不着，精彩和浪漫都是如人饮水，冷暖自知的事。不管怎么样，这一年回忆起来，都是两人印象最深的，虽然苦但却最甜蜜的一年。

2015 年——

两人的工作逐渐步入正轨，云朵小姐的设计经常被老板采用，再加上她独特的眼光和别具一格的橱窗陈列，如今的她已经当上了店长。酒精先生除了公司的工作外，也开始接外面的私活设计，目前在研发一款上班族玩的小程序游戏。

酒精先生下了班后，会在服装店门口抽烟等云朵下班。云朵的厨艺大有长进，已经达到人人都赞不绝口的水平。

随着各自的工作越来越繁忙，两人开始有了时间差。酒精先生的工作相对来说比较自由，他经常晚上熬夜画图，中午再去公司上班。云朵小姐则是白天上班，晚上按时睡觉，第二天早起上班。有时酒精先生工作完，准备上床"折腾"她一下，发现她早已熟睡。

这一年的七夕快到了，酒精先生一直在想该送云朵小姐什么礼物。平时生活虽然拮据，但是这么有意义的节日还是要有所表示的。只不过他们的时间差太严重了，做设计的也没什么周末可言，两人一起吃饭、逛街、看电影的时间基本没有。酒精先生在网上看到国外有人非常有创意地在家里设计了一个"家庭小影院"，于是他趁着云朵小姐上班的时候，自己在家里做。就是在一个纸壳箱的底部挖一个可以把头放进去的洞，再在眼睛上方挖一个手机大小的洞，好让手机可以恰巧放在上面，这样就可以套着纸壳箱躺在床上用手机播放电影看了。除了被手机的光照亮的地方之外，其他的空间都是漆黑一片。酒精先生还在纸壳上画了一个小天使，全部弄好之后，他把"家庭小影院"藏在窗帘后面，出门去接云朵下班。

到了云朵小姐的服装店门口，正好赶上员工下班，云朵小姐的很多同事都认识酒精先生，见他来了，便笑着打招呼。

"哇，大情圣又来接云朵姐下班了？"

"云朵姐好幸福啊。"

"今天云朵姐收到那么多束花，哪束是你送的呀？"

酒精先生笑着点头，心里却想：花？

他走进店里，云朵小姐正在做最后的整理，准备锁门下班。

"咦，你来了啊。"

"这么多花都是谁送的啊？"男人小气吃醋的劲儿上来了，蹲下身，看着地下堆着的许多束花上面的卡片。

"都是一些客户，我没搭理他们，你可别不高兴哈。"云朵小姐拉着酒精先生往门口走。

"花不拿了？人家的心意该浪费了。"酒精先生知道云朵小姐不是那样的女孩，只是心里依旧不太舒服，不是自己不懂浪漫，也不是他买不起一束花，只是同居了几年，觉得在这些虚无的东西上花时间不是在过日子。有这个钱不如两人吃顿好的，给她买件新衣服。说来说去，还是自己没钱，他是气自己。

一路上，两人没怎么说话。酒精先生知道自己这样小心眼不对，但又不知道该怎么圆场。最后，他哼起了张学友的《她来听我的演唱会》，唱到"男朋友背着她送人玫瑰"的时候，故意拔高音量，然后用余光偷偷看云朵小姐的反应。

云朵小姐被他幼稚的行为逗笑了。

"你行了，小气鬼。今天是七夕，你给我准备的礼物呢？"

"没准备，我没钱买花啊。"嘴上这样说着，手指却指向窗帘。

云朵小姐一下子蹦起来，跑过去掀开窗帘，捧起那个纸盒。

"哇，好可爱。这是你自己做的吗？"云朵小姐很开心，抱着"家庭小影院"说，"我要试试！"

手机里的电影已经开始播放了，但是他们为了抢这个纸盒，嘻嘻哈哈闹成一团。

有一样东西，可以让我们摆脱生活中所有的负担和痛苦，那就是"爱情"。虽然他们在一起后，从来没有看过一场完整的电影，总是在电影已经开始放映后才入场，但是他们之间的"爱"很完整，没有因为生活的艰辛而缺斤少两。

在这个世界上，男人最珍贵的财产就是一个女人的心。只要她心里有你，外界再多的花和钻戒也抵不过一个爱的纸盒，他们自己的电影永远都有开头。

2016 年——

酒精先生的公司倒闭了，他失业了。他决定自己创业，于是把所有的积蓄都投入自己一直在研发的小程序游戏中，每天闷在家里几乎不睡觉地设计程序。

云朵小姐知道他在跟自己较劲。

"明天店里的贝贝结婚，她邀请了咱俩。"云朵小姐边晾衣服边说。

"不想去，你去就好了。"酒精先生盯着电脑，没有表情地回答。

"去吧，又不是不认识。也不能天天在家闷着，出去透透气，就当陪我也好呀。"云朵小姐放下手中的衣服，跑到酒精先生身后双手环住他的腰撒娇道。

"行，那我尽量今天晚上把这一块做完。"

婚礼属于西式的，布景在草坪上，大家坐在各自的座位上吃着冷餐，看着台上的新人，纷纷举杯送上祝福。

"听说新郎是做房地产的，家里挺有钱的。"

"肯定有点家底啊，不然贝贝那么漂亮会跟他在一起吗？"

"不管怎么样，幸福就好了。"

"对啊，希望贝贝是嫁给了爱情。"

听着桌上姐妹们的聊天，云朵小姐不自然地看了一眼酒精先生。她何尝不期待一场属于自己的婚礼，哪怕不是很豪华，只要对象是酒精先生，她就满足了。

台上的新人走下来敬酒。

"恭喜恭喜，百年好合。"

"早生贵子哦。"

"这位是？"新郎第一次见到酒精先生。

"这是我男朋友。"云朵小姐和他碰了一下杯子。

"您好，请问您在哪里高就啊？"

"无业游民。"

"什么啊，他是游戏设计师，这段时间在研发自己的项目。"云朵小姐察觉到了酒精先生的敏感，赶忙接过话。

"哦，呵呵，挺好。"新郎满脸不屑地转头去了别桌。

酒精先生笑了笑没说话。

回去的路上，云朵小姐为了缓和尴尬拉着酒精先生的手说："我觉得他俩的婚纱照不好看，和影楼照的一样，没什么创意。"

"嗯，咱们都是搞设计的，所以要求和审美比旁人要高一点。"

"你说，以后咱俩的结婚照会是什么样的？"云朵小姐晃着他的手说。

"我在前面，你在后面，或者你在前面，我在后面。可以酷一点啊。"

"为什么要一前一后，不能平行吗？"

"这样构图好看啊，小傻瓜。"

"那我们什么时候结婚？"云朵小姐带着期待小心翼翼地问。

"还没想过，现在咱俩这样的状况怎么结婚？房子都没有，以后有了宝宝怎么办？"酒精先生说着点了支烟。

"我觉得怎么样都可以结婚，其他的，结婚后我们再慢慢努力啊。"

"这样对你不公平，我当然希望风风光光娶你进门。"酒精先生无意再多说，"好了，这个以后再说吧。"

其实这一年酒精先生想了很多，他知道自己所在的游戏行业有多不景气，把所有的积蓄孤注一掷地放在项目里，到现在一点水花都没有溅起来，他不知道自己还能坚持多久，更不确定和云朵小姐能不能有未来，谁会和一个什么都没有的人走得长远？

"我看你最近压力大，一直没跟你说，我爸想见你。"云朵想了很久，还是告诉了他。

"见我干吗？"

"见你能干吗？他肯定要知道他的女儿跟谁在一起，以后有什么打算，什么时候结婚，家长不都是这样吗？"

"他连你都不管，还在乎你有什么男朋友吗？他应该是想看看你找了个什么样的男朋友，有没有钱吧？"酒精先生这话说得有点酸。

"你到底是不愿意见我爸，还是一点都没有为我们的以后做过打算？"云朵小姐有点失望。

"婚姻不是两个人的事情，我真的不想你的朋友、你的父母瞧不起我。"酒精先生有点激动。

"婚姻不是两个人的事儿，那是几个人的事儿？我喜欢就好了，关别人什么事儿？"云朵小姐反问他。

"我今天真的不想聊这个了。"

"那等你什么时候想聊再找我吧，我去朋友那儿住几天。"说完，云朵小姐走了，留下酒精先生一个人站在原地。酒精先生望着她的背影，从她微微起伏的肩膀可以看得出她在哭。

"对不起。"他在心里默默地说。

云朵小姐走了很多天都没有回来，跟闺密在一起的时候，说起这件事情，她们都不太认可酒精先生，觉得这男人没有担当。

云朵小姐不在的日子里，酒精先生一个人埋头设计着自己的程序，偶尔停下来的时候，也会流泪。他心里的苦，不知该找谁诉说。

圣诞节那天，云朵小姐回来了。

"你看我给你带了什么礼物。"云朵小姐主动示好地趴在酒精先生的肩膀上。

"什么？"酒精先生内心特别开心，不过面上还是有点拉不下脸。

"你看。"说着，云朵小姐从包里拿出了一个奢侈品品牌的小狗钥匙链。

"可爱不？喜欢不？"

"挺好看的，你买的？"

"不是，我朋友买他家包时送的。我觉得特别可爱，她就送给我了。但我又用不上，所以就拿回来给你啊。我好不好？"

酒精先生看着钥匙链没说话，停顿了一会儿，压着嗓子说："那天我态度不好，你看，回来还得让你哄我。让你受委屈了，我太不像个男人了。我甚至连一个简单的小东西都送不起你，让你还得拿别人的赠品。你走这几天我想了挺多的，要不，你换一个吧。"

"你说什么？"

酒精先生有点艰涩地重复道："我说，要不你重新找个好男人吧。"

精彩和浪漫都是如人饮水，冷暖

自知的事。

"我高高兴兴地回来，特意带了礼物哄你开心，这就是你给我的礼物？"云朵小姐的眼眶红了。

"嗯，我不喜欢你了。"酒精先生的声音有点颤抖。

"你想放弃我了？"

"对不起。"

"你真是让我过了一个特别有意义的圣诞节！"云朵小姐摔门走了，门关上的那一刻，酒精先生的眼泪瞬间掉下来。他知道这次她可能真的不会再回来了，他恨自己不争气，这么好的女孩为什么要跟着自己受苦？别的女孩穿着漂亮衣服逛街的时候她为什么要带饭去上班？别的女孩抹着名牌化妆品的时候她为什么要用"家庭小影院"看电影？别人可以举办豪华婚礼她却只能拿着赠品哄自己？

他真的不想再耽搁她了，也许离开自己对她而言会是一种解脱。

云朵小姐在这段感情里真的累了，他跑她就追，他停下她就等，他退她就往前，但她总会有丧失力气的时候。她决定离开这座城市，带着设计稿去北京重新开始自己的生活。

火车上，她给酒精先生发了条信息：

"这几年我们在一起，虽然苦，但我挺开心的，真的。感情是相互的事，对方有回应才有意义。如果你已经放手，我再单方面地爱下去，那一切都不会有结果。没结果的爱等于白费，我不想让自己珍贵的感情白白赠予不懂珍惜的人。你若一心一意，我必生死相依。如若不是，那就只能一拍两散。其实我从来没有想过有一天我会如此在乎你，曾经，我以为不管我们的结局是否完美，我都不会放弃，用一生去爱你，现在我只能把你放在心里，无论你今后喜欢谁，在你的心里给我留一个位子，好吗？这是我最后的一点请求了。我真的好累，好想停下来休息，却又怕跟丢了你，那么爱你，不想放弃！对不起，我爱你！但我的爱情不是游戏！珍重。"

2018 年——

云朵小姐在北京的一家公司担任设计总监，想创意，看面料，对每一季的新品上市都可以给出很专业的意见。她有丰富的市场实践经验，有独特的思路和对美的严格要求，老板很赏识她。这一年，她的事业很顺利，人际关系很好，追求者也不少，但她都没有表态，自己心里清楚，可能还是放不下吧。

这一年，一款小程序游戏在上班族这个群体中突然爆红，这是一款一片云朵闯关得金币的小游戏，随时可以玩，又随时可以暂停。

她知道，这是他设计的。

那片云朵的图案是他们在一起的时候一起商量讨论出来的，他终于成功了，有人赏识了。云朵小姐嘴角上扬，微微一笑，付出总会有回报，挺好。

云朵小姐也下载了这款游戏。

第一关是一片小云朵在校园里行走闯关，碰到特定的人就走上前，搭讪成功才能到下一关。云朵小姐很轻松地过了第一关，因为在密密麻麻行走的人群中，她一眼就认出了他。云朵小姐眼眶红了，稳住心情继续闯下一关，一片云朵游荡在电影院门口，需要寻找特定的人。下一关，小云朵坐飞机要选择哪家航空公司。下一关，小云朵会选择什么样姿势的婚纱照。下一关，再下一关，又下一关……云朵小姐一路顺畅地通关了。

她一关都没错，怎么可能错，每一关都刻骨铭心。

恭喜您通关成功——画面停在一座大房子的院子里，小云朵坐在一把小椅子上微笑地敲出这几个字。

突然画面黑了，慢慢浮现出一行字：云朵，我是要娶你的，你应该原谅我。

云朵小姐再也忍不住了，趴在桌上大哭。

这一年是怎么过的，只有她最清楚。一个人在北京冰冷的家中，出门前会对冰箱说，你帮我冰好西瓜，等我回来吃哦；会对风扇说，你不要一直摇头，你是舍不得我走吗；会对水壶说，你要多运动，我才能多喝热水哦……

最后会对自己说——路上小心，早点回家。

你知道吗，酒精？

后来，我欣赏的人都有了你的影子，连我也活成了你的样子。但你抛弃了我奔向明天，而我被留在了昨天。

我到底该不该原谅你？

我们每个人心中都有一个大院子，它承载着我们的梦想、我们的爱情、我们的格局。这些有价值、值得追求的东西就像空气和水一样，让我们离不开。也有一把小椅子，它被精致地放在院子里，谁都不能触碰，像我们的原则和底线一样，也是心底最柔软的部分。假如有一天我们丢失了自己，别着急，打开我们的双手，左手是大院子，右手是小椅子，合在一起，中间的就是现在的你。

天气

小雨

偏南风

11~22℃

天气

小雪

西北风

-4~8℃

● *Two*

夏山如碧，
我倾心你

没有任何一种爱是错误的，也无法被人设定为不应该。这世上千重爱，有一种爱从开始就得知是无果的，还是想奋不顾身爱一次。

天气
───
☁
多云
无风
26~37℃

天气
───
☀
晴
微风
14~26℃

在这世上，珍贵的东西总是罕有，

但幸运的是，我们得到了。

撒哈拉的 菊

01

一个男人的外表、金钱可能真的没办法与责任心、安全感这些进行比较，只有男人的行为永远比语言来得让人踏实。

喜欢是什么？

王家卫说："我已经很久没有坐过摩托车了，也很久未试过这么接近一个人了，虽然我知道这条路不是很远。我知道不久我就会下车。可是，这一分钟，我觉得好暖。"

我们每个人都有喜欢的情愫，看到他会情不自禁地笑，脑子里都是他，什么事都不想做，对谁都没耐心，唯独在他面前像只猫咪一样乖得不得了。如果让我说喜欢是什么，我真的没办法用语言来描述，唯一想到的可能就是心跳吧，那种喉咙里有一口气，又甜又烫，魂被拽走了心被攥住了却依旧停不下来的心跳。

不拍戏的时候，我除了会窝在家里看书、写文章，也会出去走走，今年还在跟好友计划趁乌镇戏剧节去江南住上几天。

前几年的一个夏天，网上突然开始流行一句话：来一场说走就走的旅行。当时很多帖子都在分享自己的旅行经历，看到后我着实心动，废话少讲，下一站泸沽湖。

有些风景是一个人独自欣赏的，有些路也是一个人独自去走的，当你失落时，看到每一个早起时花开的黎明，看到没有雾霾的天空上飘浮着絮状的白云，看到遍地的绿草慵懒地吐出叫露珠的泡泡。伴着微风中轻轻摇曳的芦苇，我会想：何必去在乎终点，多看看沿途的风景不是更好吗？

这样一想，原本费尽心思想要忘记的事情就真的忘记了，有时我们确实要丢下那些不可追忆的过去，勇敢地去走陌生的路，看陌生的风景，听陌生的歌。

心情大好的我终于抵达了提前预订好的民宿——撒哈拉的菊。

不知道为何我当初会选择这样一家民宿，可能是因为名字够特别吧。

店不大，四处彰显着我喜欢的少数民族特色，墙上挂了很多蜡染，竹质的桌椅整整齐齐地摆放在店内。猫咪懒洋洋地躺在民族刺绣的抱枕上，吧台旁是一整面照片墙，走近仔细看的话，会发现照片上的那一男一女都笑得很开心，而照片的背景，则是各种各样不同的建筑和风景。

我猜想这应该是这家民宿的老板和老板娘吧。

捕梦网做的风铃风一吹就哗哗作响，可能是因为我的到来，响声惊动了屋子里的人，吧台的帘子后面钻出来一个人。

是照片上的男人，应该就是老板了。

"您好，我叫豚。您是在网上预订了我们的民宿吧？"还没等我开口，他就主动打了招呼。

从他的脸上隐约可以看出，他是一个幸福感很强的男人。看样子差不多有四十岁，眼角的细纹在笑容中堆砌着，又似乎在告诉我这是一个有故事的男人。

简单寒暄，办好入住，我便走出民宿，在附近随便走走，街上随处可见穿着民族服饰的女人，肩上挑着扁担在叫卖。夕阳下的云南真的好美，光线穿过树叶的间隙映在水面上，好像水上生了一层铁锈一样，配合着石头叠砌的房屋看起来特别有年代感。

走着走着开始下起了小雨，毛毛细雨打在脸上，雨水顺着我的脸颊往下落，我轻轻抹了一把，加快脚步，雨却越下越大。我落荒而逃，赶紧跑回民宿。一进门，豚先生就笑我："听说过云南八大怪吧？有一怪就是这边下雨那边晒，以后出门要记得随时带伞啊。"

"是因为这边地理位置比较特殊吗？"我抖着身上的雨水坐在了窗边的竹椅上。

"喝酒吗？"豚先生晃着手中的啤酒冲我微笑。

"好啊，反正也出不去了，咱俩喝一口。"我随手挠了挠椅子上的猫。

"为什么一个人来旅游啊？你是做什么的？"他坐在我对面为我打开啤酒，抬起眼睛望着我，那双眼睛清澈真诚。

"想散散心，算是采风吧。我是写文字的。"

"作家啊？了不起了不起，那我要多跟你聊聊天，看看你能不能把我的故事写进去。"脸上依旧挂着憨厚的笑容。

"不敢当，你呢？本地人吗？"

"不是，我是湖南人，在泸沽湖开民宿一年了。我猜你肯定特别好奇我为什么会来到这。来，干了这杯酒我们就是朋友了，给你讲讲我的故事。"说着拿起啤酒跟我碰杯。

"你也看到了，就是她。"

我顺着豚先生的手，视线落到了照片墙上。

"她叫鱼，我们是在青海的一家民宿认识的，说来也巧，那天我准备出发去茶卡盐湖，她刚办理好入住，一个人吭哧吭哧地往楼上搬行李，我从来没见过一个人出门旅行带三个大箱子的。我跑下去帮她，她一抬头，一张汗津津略带娇羞的笑脸映入我眼中。跟演电视剧似的，我俩对视了好久，不知道为什么。你知道那种喜欢的感觉吗？"豚先生仰脖喝了一口啤酒，视线始终盯着照片墙，眼神中满是回味。

"李碧华在《胭脂扣》中写道：在爱情游戏里，最重要的，也就

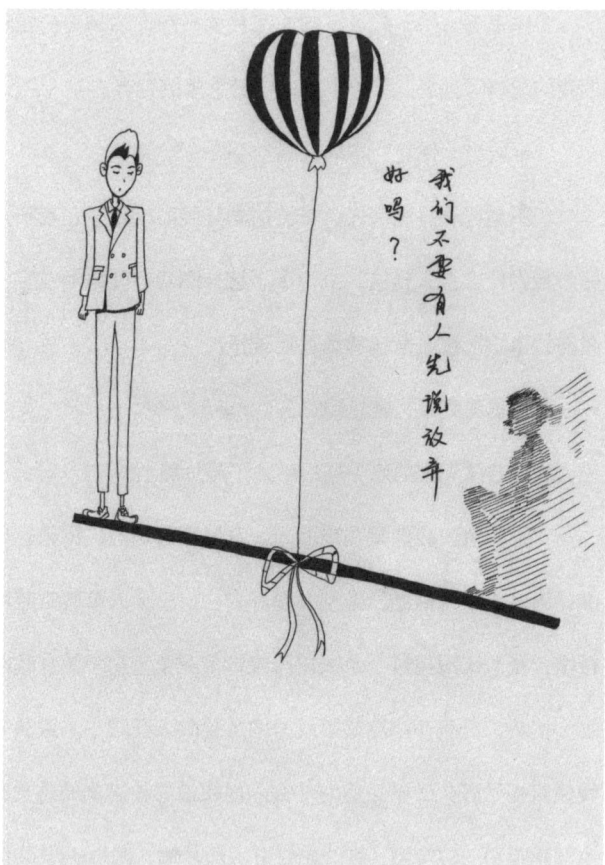

是第一眼。"我微笑地对他说。

"好有文化，我是不懂什么游戏，只觉得那是喜欢的感觉。"

"然后你就开始追她，她就答应了？"我顺着他的逻辑猜测。

"哪有那么容易啊，第二天我约她去爬岗什卡，她拒绝了。我跟她说我已经查好天气了，想找一个同行，说了好久，最后她看在我帮她搬过行李的份儿上同意了。我也以为在追她这条路上会走很长的路，没想到的是，爬完山的第二天我们就在一起了。"

"啊？为什么这么快？你不会是霸王硬上弓了吧？"我低头斜眼看他，嘴角挂着一丝坏笑。

"小小年纪，脑子里都想的什么。当然没有了，我不知道你爬过岗什卡没有，它看起来不高，但爬起来其实难度不小，因为是雪山，路上有很多碎冰，投射在白茫茫的雪地里，身边所有的一切都变得白茫茫一片。我们走得很小心，开始还好，两人精力也充沛，步伐也比较谨慎，说说笑笑的，居然就走了一公里多。她是上海人，给我讲她去各地旅行饮食上的笑话，对很多民俗不懂造成的误会。仿佛这次单独旅行拉近了我俩的关系，我更多的是笑着听她说，说着说着她就没力气了，突然站在原地问我：'怎么都是我在说啊，你怎么不说话？'她瞪着大大的眼睛望着我，睫毛上挂着霜，口中吐出哈气，雪地的白光反射到她泛红的脸上。我也停住了，呆呆地看着她说不出话。好想定格这个画面，实在太美了。我支支吾吾地说：'你好看，喜欢听你说。'"

豚先生喝了口酒，意犹未尽地接着说："她佯怒说了句神经病，就快步与我拉开距离走在了前面。也许是环境的因素，通天寥远的视觉效应使人处于茫然虚浮的状态，也有可能是她独自旅行的经验不多，我突然看见她站在远处原地不动了，回头望着我略带哭腔地说：'我好像站在浮冰上了，因为我听到了脚下有冰裂开的声音。'

"我当时真的慌了，从她的表情来看，不像是在跟我开玩笑。但我当时脑子很乱，不知道该做什么。只是先安慰她没事，不要动。然后把腰间的绳子快速解下来，把其中的一头扔给她，接着指挥她慢慢蹲下身捡起绳子在自己的身上缠绕，最后牢牢地钩在腰间。因为冰面很薄，我不敢靠太近也不敢太使劲，只能在四目相对时用眼神给她力量，慢慢地把她拉过来。我不知道我拉了多久，只知道她在我怀里整个人先是蒙的，然后'哇'的一声就哭了，哭得很大声，两只手牢牢地抱着我。眼泪鼻涕弄了我一身，回去的时候都结成了冰。可能是因为紧张，我出了一身汗。后来她跟我说，当时自己脑子一片空白，她怎么走过去的，怎么被救的，印象都非常模糊，只知道在我怀里安全的时候她才觉得后怕。"

"所以你当时拉到怀里的不止是一个少女，还有一颗被征服的少女心。"

虽然我打趣豚先生，但还是被这段惊心动魄的故事打动了。一个男人的外表、金钱可能真的没办法与责任心、安全感这些进行比较，只有男人的行为永远比语言来得让人踏实。我知道当时如同白色胶片的冰面上，只有两颗炙热的心在滚动。

"你知道吗？当人到了一定年纪的时候，很多事情就看你敢不敢想，如果你敢想，可能就实现了。那天我俩到达山顶的时候，都没有说话。沉默了很久，她裹紧了衣服后把头靠在了我肩上，那一刻，我们互相给了对方安定的感觉。两颗相爱的心有时不需要言语。在这世上，珍贵的东西总是罕有，但幸运的是，我们得到了。"

我不知道外面的雨还有没有在下，在这个闷热的夜晚，我完全沉浸在别人的爱情故事里。爱情永远不会嫌晚，对于世界而言，你可能是一个人，但对于某人来说，你可能是整个世界。我自己的爱情观里没有天长地久，因为不知道天长地久是多久，我也不相信永远，我计算不出来永远有多远。但我在筱落星帷间，听着他们一见钟情后的一拍即合后，我告诉自己，我相信爱情。

越长大越明白，很多东西，有时真的需要等，该来的让它来，该走的让它走，不强求，也不强留，你会突然发现，那些看不开的，总有一天会看开，那些得不到的，总有一天会以另一种方式回馈给你，时刻告诉自己不要着急，也不要抱怨，就看时间会给我们什么样的答案。

豚先生和鱼小姐相爱之后结伴去了很多地方旅行，他们一起走过四川的宽窄巷子，会因为买一张熊猫图案的书签而斗嘴争执。他们漫步过安徽的呈坎古镇，在江南第一村接吻留念。他们游过湖北的三峡人家，会因为吃到了地道的武昌鱼而幸福感爆棚。他们信步于湖南的岳麓书院，感受每一砖每一瓦的人文精神。他们吟唱过贵州的梵净山，咿咿呀呀学着侗族大歌在山中放声歌唱。

最后鱼小姐选择了泸沽湖，她喜欢这里淳朴的人，喜欢这里美丽的风景。豚先生卖掉了老家的房子还有他最宝贝的吉普车，鱼小姐拿出了妈妈给自己准备的嫁妆，在这里开了这家民宿，取名——撒哈拉的菊。

名字是鱼小姐取的，她说这是重生，这是力量。两人像两根铁丝一样把自己磨光了擦亮了拧紧在一起，不留后路，只为捍卫自己的爱情。

张爱玲说："也许每一个男子都有过这样的两个女人，至少两个。有了红玫瑰，久而久之，红的变成了墙上的一抹蚊子血，白的还是'床前明月光'；有了白玫瑰，白的便是衣服上的一粒饭粘子，红的却是心口上的一颗朱砂痣。"

我不知道在豚先生心中现在是"床前明月光"的鱼小姐会不会有一天变成那一抹蚊子血，我希望她永远能做他心口的朱砂痣。毕竟两人共同经历过命悬一线的时刻，在他们的生命里，理应只剩下喜欢，不需要害怕和担心其他事情。接下来的人生，都掌握在他们自己手里，那种感觉，我知道就是赤诚尽情的相爱相守。就算再多的辛苦和困难，可只要对方在身边，对于他们来说，那就什么都值得了。

旅行结束后，我回归自己的生活，忙碌紧张的工作之余，总会想起临走的时候豚先生跟我说的话。

"我们结婚的时候希望你能来啊。"

每次想到这对让人羡慕的情侣，我嘴角都会不自觉地上扬。有一次在拍戏的空当，我拨通了豚先生的电话。

"最近好吗，大叔？"我开玩笑地逗他。

"哇，好开心你能打电话给我，是要来玩了吗？最近忙不忙啊？要照顾好自己哦。对了，下个星期一我们俩结婚，就宴请几个亲朋好友，如果你有时间的话，过来热闹热闹。"电话那边的豚先生听到老朋友的声音显得很激动。

"那我一定到场啊。"

飞机上的我迷迷糊糊地捧着自己亲手画的他俩的漫画形象，随着飞机的起飞降落，我的心情也跟着跌宕起伏，不知道是莫名地替他们紧张，还是自己太期待看到这样的场面。

我突然觉得，有句话说得挺对的——这世界上有两样东西千万不要错过：一个是，最后一班回家的车；另外一个是，最后一个深爱你的人。

豚先生和鱼小姐终于修成正果了。婚礼很简单，大家伙儿就在"撒哈拉的菊"吃了顿便饭。但是场景却很温馨，每一张桌子上都铺着红色暗花的蜡染，蜡烛、气球作为点缀，每个座位上都放着一个写着地名的盒子，地名是他们一起去过的地方，盒子里装着喜糖。

上次没有见到鱼小姐，据说是回上海探亲了，今天是第一次见。

鱼小姐很漂亮，一身旗袍配着精致的妆容，头上插着一朵鲜花作为点缀，随意又不失典雅，面对每一位朋友都微笑相待。豚先生看起来很兴奋，拉着朋友就是一顿海聊，开香槟，帮忙走菜，热情周到，满脸洋溢着幸福的味道。

大家在起哄声、欢笑声中为新人送上祝福。

当然这样的结局是每个人都期待的，也包括我，但有些故事却没有那么完美的结局，也不可能让所有人都遂心满意。

拍戏的空当，我确实打了那个电话，电话那头，豚先生的笑声一如既往地憨厚。但我听得出来，这个笑声中掺杂着些许说不清道不明的无奈苦涩，几次话到嘴边又咽下。

那通电话打了差不多一个小时，还和当初一样，多数时候是我在听，他在说。

当年去青海旅行，豚先生刚从一段失败的婚姻里走出来，他选择了逃避，选择了遗忘，只想放松。而他认识的鱼小姐也刚从死神手中逃出来，进行了一场九死一生的手术，可能是看淡了生死，鱼小姐想给自己一个跟自然接触的机会，来治愈自己的身心。正因为那次豚先生的出手相救，让鱼小姐感受到了一个成熟男人带给她的安全感。

命运为他俩搭了红线。

一开始便知对方情况的两人不是没有过纠结。他虽然离婚了，但在湖南还有工作，并且有一个八岁的儿子需要父亲的抚养；她虽在恢复，但后期会不会复发也尚不可知。

他们之间的爱，除却最初的心动，还跨不过家族和病痛的羁绊。

明知无果，他们仍然选择了相爱，给彼此足够的时间，拿出全部的勇气和精力，好好地爱一场。

"你们在一起后悔过吗？"

"谁也不知道以后会发生什么，爱了就是爱了，当时我们说好，不抗拒内心，至于结果，一辈子这么长，不到最后一刻谁也预料不到。"

在我去"撒哈拉的菊"之前，鱼小姐留下了一封信便离开了他，她在信中说，不希望豚先生去寻找她。她已经很满足有这样一个男人愿意抛下所有，用生命爱护自己，但她的身体自己最清楚，不能再拖别人下水。鱼小姐希望他能够回到湖南继续工作，找一个比自己更爱他的女人一起抚养孩子。

豚先生用了半年时间寻找她，最后通过朋友得知，鱼小姐已经与他天人永隔。听到这里，我的眼眶突然湿润了，为什么要让我得知这样的消息？

我问佛："如果遇到了可以爱的人，却又怕不能把握该怎么办？"

佛曰："留人间多少爱，迎浮世千重变。和有情人，做快乐事，别问是劫是缘。"

没有任何一种爱是错误的，也无法被人设定为不应该。这世上千重爱，有一种爱从开始就得知是无果的，还是想奋不顾身爱一次。一年也许只是生命的七十分之一，喜欢也总是瞻前顾后，可当喜欢漫过了你所有的顾虑时，和你在一起的每一秒，都值得拿出来细细品味。

我们要错过多少人，拥有几段遗憾？听惯了悲情故事，可我还是希望，我们都拥有一颗乐观感受当下的心。在此刻，哪怕你觉得只拥有过一秒，也要勇敢拥抱一生。

信的最后鱼小姐写道：

"世界上生命周期最短的花，便是撒哈拉沙漠的短命菊。生长在干旱的沙漠地区，只要稍微有雨水，短命菊就会马上发芽、生长、开花、结果、死亡，这一连串的生命周期必须抢在短短几周内完成。它多像我们的爱情，争分夺秒，不敢错过每一瞬间。'撒哈拉的菊'不仅是我自己的重生，也是你给我的力量。谢谢你让我知道了，什么叫喜欢。"

你当时拉到怀里的不止是一个少

女，还有一颗被征服的少女心。

KATHARSIS

容颜迟暮是 岁月最美的 留白

See you tomorrow

春天万物复苏，而我只想对你苏。

夏日应该避暑，但避不开属于我。

秋风吹扫落叶，落叶归根，而你归我。

冬季天寒地冻，天地无碍，你为我爱。

——谢谢所有展书阅读的你，

记着，明天有我。

悄~悄~话~
说与你听

晴天雨天，
愿我的明天总有一个你。

02

每一个人都是从年纪小不懂事，到经历了一些事、一段恋情开始长大，学会了独立分析问题、包容理解别人，再到变成其他人眼里的世故。

凌晨三点，我还在马路上夜跑，街道上基本没什么车辆，更别说行人了。跑了一阵后，我停了下来，满头大汗开始慢慢往家的方向走。

突然从我身后传来一阵歌声，我吓了一跳，因为声音很大，在这寂静的夜晚显得格外突兀。我转过身向后看，一个四十多岁、身材微微发福的中年男人骑着一辆破旧的二八单车，车后座绑着一台老式录音机，里面正传出美声的伴奏。男人跟着录音机里的伴奏，在凌晨三点的北京街道上放声歌唱。

他从我身边飞快地经过，歌声留在空荡的夜里。

我特别好奇他为何在这个时间骑车行驶在路上，也特别好奇他为何如此痴迷音乐。这一幕让我想到了一部电影《立春》，蒋雯丽饰演的声乐老师王彩玲心里一直有一个信念，用她在电影中经常说的一句台词就是——我一定会唱到中国歌剧院去。

很多时候，我们的信念、我们的梦想真的能支撑一切，可能这就是所谓的精神力量吧。这种力量虽然无形，但是很强大。在演艺圈像王彩玲、深夜放歌的男人这样的人很多很多，他们都是独立的个体，他们都坚持着自己的梦想，他们都有自己的故事。

我想到了我身边的一个朋友。

因为她常年在外地拍戏，我们没办法经常见面。就在我准备接受一次电话采访之前，我刷朋友圈的时候，知道了她父亲去世的消息。我赶紧发微信给她，我知道这个时候她可能更需要自己一个人待着，但作为朋友难免会担心，便用最简短的话安慰了一下。她谢过之后，我们好一阵没再联系。

　　我的采访也因此搁置了。

　　一周之后我收到了她发来的微信，内容是一张截图。我点开看了一眼，是我的粉丝给她微博发的私信，写道："美女姐姐，谢谢你看了我的私信。放心，我不是黑粉也不是营销号。我挺喜欢孟瑞的，以前因为不懂事，对他感情上的事儿比较好奇，所以花钱在黄牛那儿买过一次关于他的消息。黄牛告诉我，你就是他交往的对象，还说你们在法律上拥有房产共享权，孟瑞在他的房产证上加了你的名字。这事儿我自然不敢到处乱说，毕竟是艺人的私事，但无论如何，衷心祝福你们。希望你好好照顾少爷，有情人终成眷属，静待你们结婚的好消息。"

　　看完之后我有点不好意思，因为我知道她目前这个阶段不应该被其他烦心事打扰。

　　我回她："这孩子，也不知道花了多少钱买的。"

她："我的房子呢？"

看到她还能开玩笑，我瞬间放心了很多。

"哈哈哈滚！"

"你赶紧把属于我的房子给我，你个负心汉。"

还没等我回复她，紧接着她又发来一条。

"这是最近一段时间唯一能让我乐出来的一件事情，谢谢你的粉丝。"

"你好点没？"我不敢多问，怕揭她的伤疤，只得小心翼翼、模棱两可地开口问道。

"好些了，就是不能寻思，不过已经好多了。以前我真不知道咋安慰碰到这事儿的朋友，等自己经历了才知道，根本用不着安慰。"

"我懂，那天给你发信息就是想关心你一下，其实没别的意思，就是告诉你，朋友都在。"

"我知道，你特懂我。咱们都好好的。"

"我最近在为我的新书找素材，有时间跟我讲讲你的故事？"

"没问题。"

这个朋友就叫她黑茶吧。

我们是通过拍戏认识的，她是东北女孩，脑子聪明，脸蛋漂亮，有一双大长腿。为人处世十分周到，可能是东北人的原因，她拥有天生的幽默感。我个人一直很喜欢有幽默感的人，这样的人普遍具有感染力，是气氛担当，并且善于观察细节，情商极高，和他们相处起来会很舒服、自在。

拍戏的时候，我们都住在酒店的同一个楼层，平常来往比较多，我教会了她打麻将，虽然我自己玩得也不太精。当然麻将对于我们来说，只是逗闷子的娱乐方式。每天嘻嘻哈哈，一起吃饭、逛商场，三五个演员聚在一块侃大山。

我以前拍戏回京，很少有再聚的演员。大多都是嘴上喊着聚，行动却没那么实诚，大部分人仅仅是朋友圈里的点赞之交。她是我为数不多、一年半载会见上那么一两次的人。聊聊最近大家都是什么样的状态，身边有什么好玩的事情，之后的发展方向等。其实大部分演员都是被动且缺少机会的，身处这个行业挺不容易的，在你没成角成腕儿之前，除了努力，就只剩下等待。等待着好的经纪公司来签你，等待着重金打造你，等待着试镜的机会，等待着喜欢的角色。

黑茶当然也不例外。

有时候
换个角度
看问题
……
你会
豁然开朗

我们之前约定好了时间，到点了，我拨通了她的电话。

　　"你想聊啥啊？是要把房子分给我吗？哈哈！"

　　"快别惦记了，我还没房子呢。你这会儿没拍戏啊？"

　　"夜戏，这会儿正带妆在酒店休息呢。"

　　"其实就是随便聊聊，想听听你自己的故事有没有什么是能触动到我的，我想把触动到我的部分整理润色一下，变成一个完整的故事。我们先聊你入行吧，你是怎么进入这个行业的？"

　　"第一本我还没看完呢，你这又要出第二本了。这玩意儿也不赚钱，看来你是真的喜欢啊。"她笑着说，"我呢，小时候家里条件很一般，但我很喜欢，虽然烧钱，还是在高中的时候学过一段时间艺术，高考也去考了艺术院校。中戏是初试就被刷下来了，别笑，北电和军艺是过了的，但是我没去。为什么没去呢，因为我打了个电话给我当时的男朋友。"

　　"等一下，当时你就有男朋友了？"

　　"我高二就有男朋友了，初恋，我们谈了四年，当时他死活不让我去。"

　　"你是真早熟啊，这么早就恋爱。"

　　"那你的初恋是在什么时候啊？"

"十四岁。"

"那你是怎么好意思觍着脸质问我的呢？"

"不聊这个，他为啥不让你去？"我摸了摸鼻子，反正我吵架是吵不过她的。

"他可能是觉得我去了之后人就会变，不要他了吧，后来我索性就考了别的学校。其实我一直挺喜欢这一行的，上大学学的是中文，大一升大二的时候，我们家所有的钱都被我爸爸拿去炒股了，那一年股票跌得特别严重，钱都砸里头了。我妈妈跟我说，没有钱支付我的学费了，不行就问亲戚先借着。我听了特别难受，心想我这学费都要靠借了。我琢磨着就去打工吧，当时正好有个姐姐在北京做模特，我看她做得挺好的，我也想尝试着去当模特拍照。那会儿有个模特社交平台的网站——M站，大家后来把它妖魔化了，刚开始的时候，这个网站还是挺干实事的。"

"我知道这个网站，我之前也有注册过。"

"是吗？我当时就在这个模特网站上发我的照片，没多久，网站发起了一个活动，网站负责给模特拍一套照片，还可以给予首页的宣传位置，不过需要交五千块钱的费用。我参加了这个活动，五千块是我向家里要的最后一笔钱。拍摄的过程，很专业也很顺利，拍摄风格是中国风，取点在故宫、后海两处。网站给推了首页之后，我自然就被更多的客户看到了，慢慢地，开始接活。准确来说，我就是这么入行的。"

"那你还记得你的第一份工作吗？我是指在演艺圈的。"

"我的第一份工作，还是我那个姐姐给我介绍的，她有一天给我打电话，说山东德州有一个影楼，需要拍摄婚纱样片，问我去不去，但是钱很少，一天一千五。我听到一天一千五，心想这还少吗？这可是巨款啊。想也没想，屁颠屁颠地就去了。平时我不怎么穿高跟鞋，但工作的时候却是必须穿的，拍了一天，也站了一天，到最后我的脚都肿了，可当时的我根本不在意。当我把报酬拿到手时，心想，我真是太能赚钱了。回到北京，我就请当初介绍我这份工作的那个姐姐，还有我的男朋友，我们几个一起吃了顿饭。"

"你男朋友也在北京？"

"他陪我去的，是因为不放心我。他对我很好，当我什么都不懂的时候，是他在旁边帮助我，就跟经纪人一样，有时候还会帮我谈价格之类的，任劳任怨。"

"那你当时在北京租房子了？"

"没有，我刚去北京的时候，就住在那个姐姐家，她在通州租了个小开间。我和姐姐在床上睡，男朋友打地铺，就这样过了大半年。暑假放假就来北京拍平面，开学再回去，放寒假了再来，后面的学费就这样赚出来了。"

说到这里，她顿了顿，我听见那头的她对助理说："帮我倒杯水，谢谢。"

喝完水后，她继续道："我记得特别清楚的一件事，大学的时候，'开心麻花'这个团队还不太为人所知，我在人人网上看到他们拍的《乌龙山伯爵》的一些片段，当时觉得特别好玩，怎么那么逗呢？有一次沈腾发了一条微博，说他们要排一个《索马里海盗》的戏，问有没有长得比较高的女孩，最好是模特，能试镜的。我觉得这是个机会，马上就在微博上关注了沈腾，但是我不知道该怎么跟他讲，也不知道该怎么介绍自己。没想到他看见了我的关注后，先一步私信问我：'我们聊过吗？'我说还没有呢。他说：'那你上网找一段《索马里海盗》的片段，然后录个视频模仿一下发到我邮箱。'当时我在东北上大学，去一趟北京很不容易。他可能看我也是东北人、老乡就比较照顾吧，就没再让我特意过去一趟。看了我的视频后，他们觉得很不错，我不是科班出身，在此之前根本没有学过，也没演过戏。但你知道我的性格，用东北话叫虎，特别大胆，也不要脸，所以视频拍得还比较解放天性吧。即使这样，也没了后续。在问道问道后，说是定人了，好像还是觉得我有点矮，他们想找的是一米七八那样的 T 台模特。我也没觉得很失望，毕竟咱不是学这个的，只是有点可惜吧。又过了几天，他们团队突然给我打电话说：'你能不能明天就过来跟我们一起彩排？'好像是之前定卜的人不太会演戏，档期也撞了。我当时真的好开心，觉得自己太幸运了，唯一挺舍不得的就是我男朋友，跟他道了别后，我就去北京参加排练了。"

"我说怎么总看你参加《欢乐喜剧人》这样的节目，原来你和'开心麻花'团队是那会儿结识的。"

"对啊，现在想想，真的挺幸运的。去了就开始排练，第一场演出是在深圳。因为当时太忙了，每天都要排练演出，就没怎么跟我男朋友联系。有一天，我也不知道自己哪根筋搭错了，就登录了他的 QQ，当时大家还都在用 QQ。他是会员号，聊天记录可以异地漫游，虽然他有密码保护，但是问题很简单，都是类似'我的电话是什么、我的母亲叫什么'这样的我都知道的一些问题。你说巧不巧，我刚登上去，就有一个女孩给他发了一个某宝的链接，还说了一句'这件衣服我给你看了'。当时我心里有点纳闷，为啥要让一个别的女孩帮他看衣服？我就翻遍了他们的聊天记录，发现了他俩有问题。没错，就是你想的那样，他出轨了。初恋嘛，所以很多细节我都记得特别清楚，那时候他刚过完生日没多久，当时我俩在一起四年零四天。我走出排练厅就给他打电话，问他和这个女孩什么关系。他当时态度很不好，只是说'既然你都知道了，那就分手呗'，我当时特别难受，我们在一起四年了，我才出来多久？他就和别的女孩在一起了。这就是我的初恋。

"因为失恋，我在团队里又是年龄最小的。马丽她们几个姐姐就天天带我去吃饭，安慰我。深圳演出结束，就是天津、北京。回到北京后，不知道他怎么想的，死活要跟我和好。我这个人是分手了就分手了，绝不会再回头，并且他把我伤得挺深的，我不可能原谅他。他不放弃，在网上查我的演出场次，无论我去哪儿演出，他都会送我一束花，还会附一张卡片，卡片上写些要我原谅他之类的话，我一直都没理。妈妈当时在廊坊亲戚那边打工，我上初中时，她的腿摔骨折过，正好我在北京演出的时候，她的旧疾犯了，工作的时候没注意又骨折了。不知道他从哪儿知道了这个消息，又知道我一直在演出没时间照顾我妈，二话不说就买了机票从东北飞到北京再转到廊坊，照顾我妈去了。也是因为他去了，我连我妈都没有去看，我只是单纯地不想见到这个人。多年后还有人说，这个女孩可势利了，当上模特演员了，就把初恋男友给踹了。我知道我就算是有一千张嘴也说不清楚，所以从来没有做过任何解释。但他确实很有心，伺候我妈，端尿擦背什么的，样样都干。我妈感动得不行，说这孩子真的挺好，不管你俩能不能走到一起，他永远都是我儿子。我妈这个人其实挺慢热的，不会轻易说出这样的话，这是真的打动她了。

"他很会照顾人倒是真的，我们在一起的时候，比如我随口说一句'这个东西看起来真好吃'，第二天他就会跑遍北京给我找到，他嘴上很少说，却会默默地为我做很多事。他也有缺点，毕竟人无完人嘛，他的控制欲太强了，不喜欢我在演艺圈。管我管得特别严，我在人人网上关注的人中没有一个男同学，QQ里面也没几个男性好友，后来他还把我的密码给改掉了，以至于我现在和很多以前的朋友、同学都处于失联状态。我们分手了之后，我再也没回去上过学，算是肆业了，我的北漂生涯也就这么开始了。"

"不想回到那个让你伤心的城市，也对学校没啥好印象，对吧？"

我想
我们每一个人
都在一个星球上
讲述自己的故事。

"对，唯一的好印象就是学校门口的烤羊肉串了，真的太好吃了，现在聊起来我都想吃。"

"你在'开心麻花'排练、训练得顺利吗？"

"'开心麻花'是一个让人感到特别放松的团队，大家每天排练一阵后就会坐那儿聊天，碰想法。我那个时候年纪小，大家排练，我就跟着排练，大家聊天，我就凑过去聊天。当时我演的一个角色需要说山东话，我学了两天就学会了。有一天沈腾意味深长地跟我说了一句话，这句话我到现在还记着，挺受用的。他说：'老妹，你条件很好，又聪明，学东西也快，但是你有一个非常致命的缺点——你不够努力。'说实话，我当时挺蒙的，我可能真的不懂什么叫努力吧。总之排练我排了，东西我学了，完成了属于我的那部分工作就行了呗，我并不知道还要怎么去努力。他跟我说完这句话后，我琢磨了一番，心想：哦，原来在这个行业里混是需要努力的。后来我就让同事帮忙录制我排练时的视频，回去一遍一遍地看，甚至开始练习舞蹈。慢慢地，我终于知道了什么叫努力，你光靠自己的那点天分是远远不够的，要不断学习，不断自我反思，之后接的戏不管角色大小，我都会先写好人物小传，然后找同类型的片子学习，做足功课。因为沈腾，我知道了努力的方向。他的话给了我很大的影响，我真的很感谢他。"

"从话剧开始，后来是怎么接触到影视剧的呢？"

"'开心麻花'的每场演出，肯定都是有观众的嘛。一次，一个副导演来看戏，之后他告诉我，他们在筹备一个电影。其中一个女二号的角色面试了很多女孩，都没有特别合适的，问我有没有兴趣见见导演。我一听，这是机会啊，当然得去了，面试完之后，导演觉得我各方面都挺合适的。在聊得差不多就差签合同的时候，我心想，我的演艺之路终于开始步入正轨了。但开机之前，副导演约我去了一家咖啡厅，我俩面对面坐着。我们聊的是价格问题，当时他答应给我三万块钱的片酬，但是我要掏出其中的一万给他，我心想这很正常，就跟经纪人提成一样，毕竟是人家给你引荐的，我说没问题。紧接着他就说如果我能陪陪投资方，就可以立马签这份合同，我答应的话，投资方还会再给我送其他礼物。我一听，瞬间就傻了，不知道为什么就开始哭。我这一哭把他给整蒙了，可能是因为没见过我这样的女演员吧，他就问：'你咋了，不至于吧，这不是很正常的事吗？'那个时候我没拍过戏，在没入行的时候，作为一个圈外人，也经常听人说演艺圈确实是有各种各样的潜规则，但毕竟没亲身经历过，直到那一刻，我才知道，演艺圈原来真的是这么乱。这么多年过去了，直到现在，我也就只遇到过那一次。那次我当然是放弃不演了，后来听他们说，是因为导演坚持要用我，我最终才去了那个剧组，但不是女二号，是演一个很小很小的角色。当时我演那个角色的时候，你知道我心里想的是什么吗？"

"是什么？"

"就觉得，我终于是一个真正的演员了。"

"这是你的第一部戏，初恋结束后，除了拍戏，还谈过恋爱吗？"

"在拍这个戏的中间，我接了一个广告，认识了我人生中的第二个男朋友，我们一起合作拍了这个广告。"

"是个演员？"

"不完全是，他是表演系毕业的，长得很帅，拍了几年的戏后，就去了一家律师事务所工作。他很喜欢演员这个职业，但是平时工作太忙，没办法长时间拍戏，只能偶尔接些广告过过瘾。这个男生是狮子座，很爱面子，也很大方。跟他在一起的时候，我基本不需要花钱，他也特别会照顾人，只要我一咳嗽，他就会熬夜给我煮梨汤。我外出工作回来，他会放下工作，开车去机场接我。他比我大七岁，为人处世都比较成熟。但很奇怪的是，他从来不跟身边的朋友，包括他的老板说在和我谈恋爱。我过生日的时候，他还带我去了马尔代夫，懂浪漫，会开导人，又不会限制我，还很支持我工作。我第一次拍戏的时候，他还教我怎么和人处关系，怎么做功课，带着我去买拍戏要用的椅子和现场箱。我那时根本不知道演员拍戏还要带上一些东西。基本上，我的第一部戏，在言传身教上，他是我最大的老师，是像人生导师一样的恋人。"说到此处，她转了个折，"感情啊，总是给我意外。那年他过生日，我想给他一个惊喜，就给他买了个最新款的手机。"

"你还给他买手机？那个时候手机很贵的。"

"我特别舍得给男朋友花钱，男朋友喜欢的东西，只要在我能承受的经济范围内，多少钱我都买。我给他买的手机差不多一万块钱，买好就给他了，他很高兴，很快就用上了。生日那天，趁他洗澡的时候，我偷偷打开他的手机，想把我俩的微信聊天背景设置成我俩合影的照片，然后等他拿起手机的时候，再给他发祝福什么的，一打开就能看见，不是挺暖的吗？"

"还好吧，有点土。"我揶揄她。

"那个时候小女孩的心思嘛，结果我一打开他的手机，就收到一个女孩给他发的微信：老公，生日快乐。我一惊，顺手点开了那个女孩的朋友圈，女孩在朋友圈里还发了给他的生日祝福，配的照片还是我在马尔代夫给他拍的。他洗澡出来之后，我表现得很淡定，我问他：'都有谁给你发生日祝福了，你给我看看。'他说：'你看吧。'我刚拿起手机，他就反应过来不对劲了，开始跟我抢手机。我说：'你别抢了，我都看过了。'然后你知道他跟我说了句什么吗？"

我默不作声地听着。

"你说他要不要脸，都这个地步了，他居然还能淡定地反问：'你咋翻我手机呢？'"

"那这件事你搞明白了吗？是他结婚了，还是在外面又谈了女朋友？"

"他没结婚，你不知道的是，在这之前，我已经原谅过他一次了。他养了一只小狗，有一天我回家的时候，发现狗没了。就在我从电梯里出来的时候，看见另一个电梯里走出来一个女孩，同一个楼层，她出来我进去。那个女孩很漂亮，我还特地多看了几眼。你相信女人的直觉吗？我当时的第六感特别强，就觉得这个女孩和他有关系。我给他发信息：狗怎么没了？他说被朋友接走了。我问他是哪个朋友，男的女的，他说男的，然后就没回复了。晚上，等他睡着了，我没忍住去翻他手机，哈哈哈哈，其实我不是一个爱翻别人手机的人，但是我一旦发现了什么蛛丝马迹，就必须弄清楚到底是怎么回事。我发现，电梯里遇见的那个女孩在他朋友圈下的留言，都是老公长老公短的。我默默地在他的手机里找到那个女孩的手机号码，然后记了下来。后来我问他，他居然说是之前的女朋友早就分手了，只是一直没改口，还叫他老公。

"第二天我就给这个女孩打了电话，我说咱俩对一下，别都被骗了，都是女孩子，因为一个男人这样不值当。我这个人啊，观察力强得我自己都佩服，我在女孩的朋友圈里看过他给这个女孩过生日的照片，那个女孩手里拿的是 iPhone5。我俩在一起之后 iPhone5 才出，我问他，他非说照片是之前拍的，真是睁眼说瞎话，敢情这个女孩当时是超前给自己变了个 iPhone5 出来啊？呵，你们男人，漏洞百出。"

"骂人别把我带上，唉，话题偏了，你和那个女孩打了电话之后呢？"

"那个女孩也被骗了，他就是同时在和我们两个谈恋爱。之后我们就彻底分手了，我火速找到房子搬了出去。他不甘心，不想分手，总是给我打电话，我没怎么搭理。我当时租了一个酒店公寓，小开间，挺精致的，房租也不便宜。不知道他从哪儿得知我的住址，居然找上门来了。他敲门，我不开，他就把我的门给踹开了。进来之后求我和好，我俩撕扯起来，他还想霸王硬上弓，我哭了。你还别说，这世上真是什么人都有，他特别逗，他居然跟我说：'咱俩最后再来一次，你要是怀孕了，咱俩就结婚。'我当时直接就给了他一个大嘴巴说：'你有病就去治。'他是我第一个动手打的人，我从来没有那么生气过。连续几个大嘴巴抽他抽得特别狠。之后他就被我搡出去了，但是我家的门坏了，他就在我家门口坐了一整夜给我守门。第二天早上七点多，进来问我气消了没，能不能再好好聊聊，还有没有和好的可能。就在这个时候，他的手机响了。早上七点多，一个女孩给他发微信：小伙伴，起床了吗？还有一个嘴唇的表情。是另外一个女孩哦，不是包括我在内的前面的那两个女孩哦。我当时就笑了，我说你他妈来找我和好，能不能先把屁股擦干净。他没什么好说的了，灰溜溜地走了。从那以后，我和他就再也没见过，他还是会经常发微信问候我，一直跟我说，我是他心中最后那点干净的地方，他是真的想跟我结婚。"

"你怎么总遇到这样的人啊？"

"这事儿还有个小花絮呢，跟拍电影似的。我之前不是跟你说过一个细节吗？他从来不跟他老板说和我在谈恋爱，接电话都只是说跟朋友在一起。你知道为什么吗？我也是后来从朋友那里得知的。分手后的那段时间，我挺伤心的，就总在朋友面前哭。有一个和我玩得不错的姐姐，她的闺密居然之前和他暧昧过一段时间。那个姐姐跟我说：'你别哭了，他配不上你。我知道一些事，但是不能告诉你，你就别太往心里去了，把这个人彻底放下吧，他找你和好你也不要再理他了。'我就死缠烂打地问她到底知道什么，后来她实在拿我没办法了，就告诉我，他的老板是个同性恋。你还不知道吧，他在北京的四环买了个四层楼高的别墅。你想想啊，北京这地儿，这得多少钱？他的家庭条件我是知道的，卖海产的，生意做得也不大。后来那一瞬间我茅塞顿开，之前所有想不明白的事情都想通了。那个别墅和他平时开的豪车，都是他老板给他买的。其实我之前在他的电脑上看到过他老板的裸照。我当时也没多想，两个大老爷们。为什么他从来不跟别人，尤其是他的老板说我是他女朋友？为什么他跟他老板见面的时候，从来不带我？明明他是一个很爱带我出去玩的人。"

"打断一下，也就是说他本人很有可能不是同性恋，只是为了钱才和他的老板在一起，然后自己在外面疯狂地交女朋友？"

"其实我到最后也没有实锤，但你想啊，你如果和老板没有什么实质性的关系，人家是傻 × 啊，凭什么给你买别墅？不过他还挺有心机的，电脑里存了他老板的裸照，万一将来有什么事，他可以以此为要挟。所以为什么分手以后他跟我说：我是他心里最后仅存的那么一点干净的地方。这一场恋爱谈得我身心俱疲，我不想好好谈恋爱了，我也想像那些臭男人一样，用玩的心态对待感情，事实证明我并没有做到。我一谈恋爱就特别爱发朋友圈你发现没？也不是为了炫耀、秀恩爱什么的，因为我的长相特别容易让人觉得我是一个玩咖，会抽烟、喝酒、打麻将，天天泡吧、去夜店、傍大款的那种人。你了解我，你知道我根本不是这样的人。我发朋友圈，一是希望能给我的男朋友安全感。二是想告诉大家我是有男朋友的，那些追求者们，就别来招惹我了。"

"我之前看到过一段话，挺适合你，是这样说的：你应该找一个值得你爱的人去爱，让那些爱慕虚荣的、见异思迁的、徒有其表的、不了解你的思想和人格的人，去找他志同道合的伴侣吧。你总有一天会暗自庆幸，没有和他在一起是一件多么幸运的事情。"

"之后的两年我都没再谈恋爱，直到认识了我现在的男朋友，你见过的。我和他刚认识的时候，他是有女朋友的，那时候我们就是普通的合作关系，后来他们分手了。又过了约莫大半年，他总约我吃饭，顺理成章地，我们就走到了一起。

"想想那个时候，再看看现在，这么多年了，顿时觉得自己老了，一眨眼在北京都五六年了。还记得最穷困潦倒的时候，就是做模特的时候，卡里的积蓄只有七十块钱。"

"七十块钱还需要卡吗？都不到一百，放在兜里不就行了吗？"

"舍不得取出来啊。当时有个叫 Lucy 的经纪人找我，说是有一个代言，需要去印尼雅加达。钱给得挺多的，我就答应了。我一落地，她就把我的护照给收了，说是要给我办理落地签，但是之后一直没有还给我。我们一般去外地工作，到了之后不都是先安排酒店嘛，那个酒店有一层是夜总会，楼下是 KTV 包房。第二天晚上她让我换件衣服化个妆，准备去活动现场，我换完衣服化好妆，她带我去了楼下的 KTV 包房。在包房外面，还有人给我拍照，我心想那就拍吧，说不定穿过这边，里面有个舞台呢。"

"牙买加？你胆子可真大，一个人就去了。"

"纠正一下，是雅加达，那个时候接的活动已经很多了，所以没有多想。流程都这样，你给我发合同、订酒店。我去了就干活，干完回来，很正常。"

"然后她把你带进了 KTV。"

"对，我看着自己化着精致的妆容，穿着好看的衣服，觉得自己特别像个傻×，当时转头就走了，回到房间就开始哭。那个女的还好没有用强的，过来问我怎么了，我说'姐这不就是坐台吗'，她说'你怎么能这么说呢？咱们这是代言'。都这个时候了，还跟我睁眼说瞎话呢。我死活不出门，就在房间里待着。她没办法了，一直劝我，但还是在外面发我的照片，卖我的出台费用。我实在不知道该怎么办了，当时太小了，不知道可以找大使馆，也不太懂该怎么应对。我还怕声张出去，如果我去雅加达这件事情让别人知道了，我该怎么和人解释？说什么人家也不会信的。于是我就撒了个谎，我说'姐你不要这样，我刚打完胎，我什么都干不了'。我实在不知道该怎么说了，然后她沉思了一会儿说'哦这样啊'，之后就把护照还给我了。这一趟我钱没赚到，还弄得名声不好。世界上没有不透风的墙，两年后，微博上有人给我发私信，问我做外围吗。我回：不好意思，不做。对方给我回：你装什么啊，你以为你去雅加达的事儿没人知道吗？我给他回：既然你知道我去了雅加达，你就应该知道我什么都没干，希望你不要以讹传讹，女孩子的名节很重要。他说：好的，不好意思。"

"那个经纪人在外面发你的照片你是怎么知道的？"

"那边有个妈妈，算是地接吧，她来房间劝我，炫耀她的表有多贵，是客人送的之类的。我什么都不说，就会哭，她拿我没辙了，告诉我 Lucy 把我的照片都发出去了，现在大家都知道我来了，价格也很高，要我豁出去，这就是社会的黑暗性。现在这个社会，不只是女孩需要注意这些，男孩也要注意了。

"这么多年了，我爸妈挺为我骄傲的，我也挺为我自己骄傲的。我给他俩买了房子，给我爸买了车。这是一种成就感，倒不是我有多少钱，就是一种很纯粹的满足带来的成就感。咱们都加油吧，我先不跟你说了，回头你还需要啥细节再给我打电话，我马上要出发去现场拍戏了。"

黑茶的故事很接地气，我本来想写成一个故事，后来一想，如果写成故事，反倒对不起这狗血真实的剧情。因为现实生活就是这样的，所以我最终采用了对话的方式来记录。

我相信每一个人都是从年纪小不懂事，到经历了一些事、一段恋情开始长大，学会了独立分析问题、包容理解别人，再到变成其他人眼里的世故。我经常会想，时间不待人，赶紧去做自己想做的事情吧。我也经常对自己在乎的人说，喜欢什么就去做，不要给自己留下遗憾，不然就老了。是因为我们害怕衰老吗？并不是。有一天，自己的脸上长皱纹了，其实那是时间留下的最好的印记。

记得有一次记者采访刘嘉玲，问她觉得什么时候是最好的自己，她说现在。最美好的状态就是，看过了世界的黑暗与痛苦，却依然相信当下的单纯与美好。

很多时候，容颜迟暮是岁月最美的留白。

我祝福黑茶，希望她现在的这段恋情可以长久到走进婚姻的殿堂。我也给自己一些掌声，庆幸我一直在做着自己喜欢的事情。

最美好的状态就是，看过了

世界的黑暗与痛苦，却依然

相信当下的单纯与美好。

熟人

03

感情建立起来不容易，分崩离析却是一朝之间。原谅容易，和好却难。你去过你想要的生活，我去追我想追的梦。我们，就此，别过了。

如果我们没有了追求，那人生就只剩下幻想。人生有无限多的岔口，每往前走几步，就要面对各种各样的选择，而不同的选择必定造就不同的人生。每一个选择也没有绝对的好与坏，因为它必然是独一无二的。

在你选择的那条路上，你会遇到一个特别的朋友，他只是你生活中的一部分，却能改变你的生活。

麦穗和香槟在北京这座任人驰骋的梦想之都，一起合租两年了。在大城市打拼，内心必须强大，面对生活带来的压力，很多人选择做了逃兵，但麦穗和香槟却在咬着牙死命坚持。

麦穗来自河北的一个小村庄，小时候农活干得多，能吃苦。渴了就大口喝水，累了就席地而坐。邻居们都笑她：整个一麦穗堆里长大的。她一路规规矩矩地成长着，从小胸无大志，觉得人生平凡平淡一点并无不可。大学读了个普通本科后回到家乡的小县城，盼着父母能托个关系走个后门，把自己安排进某个事业单位，从此安安稳稳过一生。面对毫无志向的女儿，麦穗的父母恨铁不成钢；面对毫无背景人脉的父母，麦穗既不甘又无可奈何。和家里吵了一架后，麦穗一个冲动，提着行李箱上北京去了。

香槟和麦穗是截然不同的一类人，香槟估计是有特殊的投胎技巧，她妈刚怀上她的时候，听说她爸刚从卖老鼠药的小格局里跳脱出来，打开了创业的新世界大门；等她妈把她生下来的时候，她爸拉到了第一轮天使轮投资；等她再稍长大一点，她爸的药材生意越做越大。再后来，等香槟有了独立意识的时候，她爸的企业已被称作当地的龙头。自小香槟过的便是锦衣玉食的生活，处处是香衣鬓影、觥筹交错。她爸妈从小便给她灌输这样的观念：闺女啊，等你毕业了，就回来帮家里，这么大个家业，将来都是你的！香槟志不在此，特硬气地和父母打赌，不混出点人样来，绝不回来见江东父老。这不，拒绝了父母给的黑卡，自信满满地开始了自己的北漂生涯。

　　瞬间连接瞬间，就这样连接成时光，便成了命运。

　　每个人都有自己选择的权利，最后的结果是悲凉还是豁然，是浮沉还是起落，都攥在自己手里，能改变命运的只有自己。

　　就这样，身世、性格、志向迥异的两个女孩，在偌大的北京相遇了，于一间四室一厅的合租房里。起初的时候，谁也不认识谁，甚至连点头之交也算不上，每天仅有的那点交集就是卫生间争夺战。

　　后来，一部名叫《七月与安生》的电影上映了，麦穗和香槟那会儿刚好都收到了人生的第一笔工资，都想犒劳一下自己，放眼四周，却连一个陪自己看电影的人都找不到。某个周末，当门铃响起时，麦穗和香槟同时冲出房门，门外两人点的外卖都到了。

她们不经意间对视了一眼，达成了一个共识：一起去看个电影？

"你说七月和安生，明明不是一个性格，为啥能喜欢上同一个男生啊？那个男生也是真够渣的。"麦穗捧着一桶爆米花边吃边说。

"这个电影啊，其实就是在讲两个女孩的故事，男的就是配菜。这两个女孩呢，成长在不同的环境、不同的背景下，性格也不同，但是却成了无话不谈的朋友，多神奇。"香槟拨了拨贴在脸上的头发。

"要是我，我一定给那个男生一个大嘴巴，然后潇洒地离开。"从言语上就能感觉到麦穗的气愤。

"但是在现实生活中，特别是在北京这种大城市，你还没来得及抬手，估计就被渣男推开了。得了，吃亏的还是自己，所以咱们啊，还是好好地工作奋斗，让自己变得更强大吧。"

慢慢地，她们真的成为了好朋友。周末经常一起相约逛街，互相讲对方公司发生的趣事。下班回来后，心情好便做两个拿手菜，喝着廉价的红酒。工作忙的时侯，两人会聚在一起点外卖，开一罐啤酒。在这座寂寥与灿烂并存的城市里，抱团取暖。

"刚才送外卖的那个小哥长得挺帅的。"香槟拎了外卖进来，撕着外卖袋说。

"你也太饥渴难耐了吧，看见一个男的就春心荡漾。"麦穗靠过去，用肩膀撞了一下香槟。

"乱说！真挺帅的，你是没见到。对了，最近工作怎么样啊？"

"这已经是我来北京换的第四份工作了，我每次应聘的都是与大学专业对口的 HR，然而每次做到最后都力不从心，你说我该怎么办才好啊？"一提到工作，麦穗的眉头就紧锁起来。别说在大城市闯出一片天了，单是找一份让自己舒服的工作都是件难事。

"工作嘛，总是会遇到各种问题的，遇到什么问题咱们就解决什么问题呗。不过话说，你之前离职都是因为不顺心吗？"香槟打开了一罐啤酒递给麦穗。

"唉，离职的理由是万变不离其宗。第一次是试用期没过，被自己的顶头上司叫去促膝长谈了一番，你别说，就像咱们上学时被老师教训一样，太憋屈了，我实在受不了，索性收拾好办公桌后灰溜溜走人。第二次是因为在处理一次同事之间的小纠纷时，两头不讨好，一不小心让自己成为了办公室茶余饭后的谈资，一气之下递了辞职信。第三次是我在考核员工绩效的时候，数据整理出了差错，给员工发送的工资单数据有误，导致公司各部门的工资水平泄露，不得不辞职。"每一次辞职，麦穗都记得一清二楚。

"至于第四次……目前还没有第四次，但我觉得自己快要撑不下去了，工作就像是一座大山，每天压得我喘不过气来。你知道吗宝贝，我是一个丝毫不懂左右逢源的人，却又不得不身处职场旋涡核心的岗位上。这种感觉特别累，我本来就是一个没什么大志向的人，却要每天处理那么多乱七八糟一波接一波的工作。感觉生活太艰辛了，为什么有那么多的不如意？我该怎么消解啊？"麦穗一口气喝了一罐啤酒，泄气地靠在香槟的肩膀上。

这种无力的感觉是从心底散发出来的，她没有其他人可以诉说，也许说了其他人也不会懂。

香槟的生活不比麦穗好到哪儿去，麦穗面对工作的力不从心，来源于"难"，香槟面对工作的力不从心，来源于"多"，她每天有加不完的班，周末、节假日都喂了狗。两年了，一直坚守在这个岗位上，唯一的一次"晋升"就是从试用期员工转成了正式员工。

这座城市卧虎藏龙，这家知名外企简直就是北京城的缩小版，人才辈出，精英荟萃。往上走一步，都是难如登天。比她优秀的人还在一声不吭低头做事，她有什么资格抱怨呢？香槟每天强压着一口怨气，告诉自己：没事，会熬到头的。

"没事，熬不下去了我养你哈。快吃饭吧，一会儿菜都凉了，咱们只有吃饱了才有力气去对抗生活。"香槟这次没有说出自己的苦恼和想法，麦穗已经过得很难了，她应该扮演那种处事不惊、安之若素的角色。给别人多一点关怀，至少让一个人感到踏实一点，总比两个人都煎熬着强。

自我安慰永远不是生活有效的安心剂，远方家人朋友的关怀，更是如同隔靴搔痒。香槟和麦穗，两个在这座城市里萍水相逢的女孩，成了彼此唯一可以交心的存在。她们偶尔会因为城市夜空划过一颗流星而抱在一起开怀大笑，更多的时候，她们是促着膝，抬头望着黑漆漆的夜空质问着生活什么时候把"成功"带到她们面前。

这个时代，每个人每天面对的都是两个世界，一个是三次元，一个是二次元。三次元里我们奋力挣扎，二次元里我们放飞自我。越是在三次元里过得不如意的人，在二次元里混得越是如鱼得水。

麦穗就是一个在网络上极其活跃的人，她不知道香槟是不是这样的，也许不是吧，毕竟她那么忙，有时候接个家人的电话，都如风卷残云之势般，不到十秒必挂电话，俨然一副女强人派头。

麦穗工作之余的大部分时间，几乎都奉献给了互联网。热播剧她部部必看，弹幕刷得比谁都狠，那条吐槽力度最猛的，往往出自她手。

害如懿的阿箬真是个贱婢！

那个金鱼眼什么时候去死？她才应该被打进冷宫！

此剧特效感人，经费怕是只给了五毛？哦不，一毛吧，不能再多了！

……

微博热搜更不用说，她个个都评，三天两头就会霸占个热评第一。每天的被点赞数，常常让她误以为自己马上就可以靠自媒体出道了，转念一想，增加的都是黑粉，每天十个给她私信的人里边，就有九个是来骂她的，剩下的一个是广告。没被封号，已经是二次元对她这种键盘侠最大的宽容了。

无论是正面的，还是负面的，网络带给她的成就感远远超过了现实生活。

麦穗还关注了北京当地的一些微博博主，这类博主专门推送一些北京街头发生的有争议的奇闻逸事以博取关注度。麦穗一日刷微博时，刷到一条"漂亮白领地铁醉酒，呕吐后不省人事"的话题新闻，并附有一则网友拍的现场小视频。

视频中漂亮白领起初是倚着地铁上的扶手杆的，没一会儿，突然毫无预兆地呕吐，导致地铁上一片混乱，乘客纷纷叫骂着后退，待漂亮白领吐完后，她虚脱地往后一倒，跌坐在地上，头发散乱，戴着墨镜的脸上只露出一抹苍白的唇色。

视频戛然而止。

麦穗看到这条微博的时候，评论区里还没几个人。她充分发挥自己的发散性思维，敲下一条诱导性极强的评论：

白领漂亮与否要打个问号，戴着墨镜看不出个所以然，着装骚气却是一目了然。显而易见，这又是一位为了升职加薪而出卖美色去陪酒的当代白领的典型代表。我说，怎么不干脆上了客户的豪车，为何要上我等小老百姓的首选交通并且毫无公德心地破坏地铁环境呢？

一小时，两小时，三小时……

这条微博慢慢爬上了热搜，而麦穗的评论，被强大的键盘侠们顶了上去，成为热评第一。骂她的，附和她的，五五分。

有网友评论说要人肉这位漂亮白领，这条评论得到了广大网友的积极响应。

不出意外，要不了多久，视频中的漂亮白领将成为网友们的重点网爆对象。

麦穗小姐正在为今日又增了几百个粉丝而扬扬得意着，卧室门口突然传来"砰砰砰"的敲门声。

麦穗哼着歌儿起身去开门，门"吧嗒"一声开了，香槟揉着太阳穴站在外面。

"宝贝，可头疼死我了，昨天公司部门聚餐喝多了，今早一醒来我居然在医院，钥匙也被我弄不见了。"

麦穗僵立在原地，因为她发现，香槟身上穿的裙子，和那个热搜微博里的女孩，一模一样。

香槟小姐的微博、手机号、租房地址等一系列信息，被网友公布在了网上。她开始不断地收到骚扰电话，一登录微博就被数以万计的恶毒言论给淹没，甚至严重到连家门都不敢出了，有人在她家外面蹲点，好事的普通人和想要挖新闻的媒体都有……

很多人都说，键盘侠们都是三分钟热度，事情过个三五天，就被人淡忘了。不是的，不是这样的，它也许只是在热搜版块上撤退了而已，但是在你看不到的当事人世界里，却造成了无法挽回的伤害。

她需要换手机号、注销微博、搬离原来的地址，有人痛苦到恨不得自己改个名字换张面孔。网络暴力的危害远远比你想象的更加严重，不可控的舆论犹如洪水猛兽侵袭着香槟的世界。

网络，作为一种媒介平台，展现了与现实空间不同的特性，它的跨越性、匿名性，让网友可以口无遮拦，像滚雪球一样，在不明真相的情况下，就开始所谓的"言论自由"。

除了改个名字、换张面孔，香槟什么都做了，但是可怖的暴力依旧来袭，将她逼得节节败退。她辛辛苦苦坚持了那么久的工作岗位，也彻彻底底将她抛弃了。

麦穗终是抵不过内心的煎熬，在香槟被辞退的那天，和她坦白了自己的所作所为。一条诱导性的评论，给一个人的生活带来了翻天覆地的变化，和那些收钱控评的水军的行为相比，这种无目的的伤害才最令人寒心。

香槟哭了，她没说什么。在这件事情上，她不知道该怎么去责怪麦穗，事情演变成如今这个样子，她心里明白，多说无用。这座城市里，给过她最多温暖的人，给了她最深的伤害。

"你还留在这里吗？"

香槟的回答很坚定："留。"

麦穗说："我准备回去了。"

香槟不做挽留，她知道麦穗不适合这里。人生有千万种，追求梦想只是其中的一个选择，甚至不一定是最正确的选择。麦穗适合稳定、平凡的工作，一个人应该去过适合自己的生活，而不应该强迫自己活成他人想要的样子。

如果我们活着只是为了遵循别人的意愿，那么，只会与快乐无缘，与牢骚纠缠。甚至一不小心，那些生活中的不如意便发泄到了无辜之人的身上，还有可能伤及身边人。

香槟深受其害，麦穗羞愧难当。

"我们还能做朋友吗？"

"感情建立起来不容易，分崩离析却是一朝之间。原谅容易，和好却难。你去过你想要的生活，我去追我想追的梦。我们，就此，别过了。"

命运有时候就像童话故事里的糖果屋一样，缤纷多彩，让你想得到又抓不着。

命运会给很多人特别大的压力，因为他们不服输、不信命，但他们忘了压力需要随时释放；命运也会给很多人提特别高的要求，但他们忘了圣人和凡人的区别，就是懂得放下！生活中我们总是陷入一个误区，在面对别人对错的时候，我们常常纠结，却忽略了一个真相：别人的命运就像我们面前的晴天、阴天、雨天，是一个生活的提示，自己如何面对，自己如何保持清醒，简单得就像下雨撑伞、雨后收伞。撑着伞，太阳底下的眼泪也是闪亮闪亮的。

而那把伞可能就是我们的梦想，只需要随时带着它，就不怕雷雨天。

那时候天气预报一定会说，明天有你。

• *Three*

秋意深浓，
执子之手

如果你能解释为什么会喜欢一个人，那么这未必就是爱情，真正的爱情没有原因，无关长相，无关职业，你爱他，就会莫名其妙地爱他所有，尤其是他那个炙热的灵魂。

天气
☁

小雨

偏南风

11~22℃

天气
❄

小雪

西北风

-4~8℃

天气
———

☁

多云

无风

26~37℃

天气
———

☀

晴

微风

14~26℃

都说认真工作的男人最帅，认真

刻木头的男人更帅呢。

全世界都没了 声音

01

有时候体味人生，想知道它存在的意义，就必须在对方的独特欲望上，看清楚自己的平淡无奇和不足，从中反思，从而体验人生带给自己的乐趣，并且知道自己到底想要什么。

很多事情，除了自己之外，无人可知。一座城市，总会留给你一些念念不忘、属于你我的故事。有的人，忘不了，就像有的人，总是记不住；有的爱，总是放不下，就像有的爱，总是受不起。这个世界，无论多么博大的心，在爱上，总是自私的。

啄木鸟小姐没谈过恋爱，也许是看多了狗血的电影和言情小说，在她的爱情观里，大部分男人都是"大猪蹄子"，总会让她没有安全感。她对长得帅的无感，有钱的也无感，很多朋友都说，那就找个对你好的男生。她总是昂起头，打发掉那些来自四面八方的建议："我爸对我就很好！"

其实她自己心里知道，找男朋友，更多的是看感觉。财富和长相，这种让人欠缺安全感的附属品，不是她衡量一个人是否值得托付的标准。她喜欢有内涵的男生，两个人在一起，精神层面的高度契合，一直是她所追求的。

啄木鸟小姐有其矛盾的一面，在感情上她是个很有追求的人，但在事业方面，却要打个大大的问号。

啄木鸟小姐家中三代都是媒体人，她从小没什么特别的理想，大学听从父母的意愿学了新闻学。你要说她多爱这个行业，还真没有。

就是家里都是搞这个行业的，以后安排工作会容易一点。

大三的暑假，学校组织学生进行社会实践，她被导师安排策划一期主题为"走近手工艺人"的新闻活动。啄木鸟小姐一个头两个大，她都不知道自己是怎么度过大学头三年的，每天都宅在宿舍里思考人生，对所有需要出外勤的调查活动唯恐避之不及。但是这一期新闻策划关系到大四的毕业论文，她不上也得上，于是，做足了前期的准备工作后，她背着重重的摄影器材，不情不愿地赶往东南的一个小镇，据说那里是匠人们的天堂，会聚了来自全国各地的手工艺人，各种各样的传统民间手艺在那里百花齐放。

虽然挺不情不愿的，但转念一想，这可是"公费旅行"，多么难得的好机会，一路上，啄木鸟小姐越想越兴奋，在手机上搜寻着当地的各种游玩攻略，跟同学分享自己沿路拍下的照片。

她找了一家民宿住下，此处不愧被誉为"匠人们的天堂"，就连一家普普通通的民宿，处处都彰显着被传统手工艺渗透的痕迹，小到房门后立着的一把用晒干的芦苇制成的笤帚，大到屋内雕刻精细的隔断屏风，还有门口缀着的纸灯笼、窗台上挂着的中国结等。啄木鸟小姐有些微微的震撼，她爱极了这些古朴的玩意儿，对这次为期不定的

我们总有想见的某人
想吃的美食
想去的田野
想读的句子。

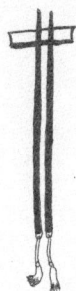

走访调查竟然有了些兴趣和期待。

她一直很喜欢那些民俗特色浓郁的东西，以前跟父母去新疆旅游，在逛景区的时候，不顾家人反对，买了一块特别重的毯子，只因为那是当地的特色刺绣，愣是要买回家收藏。此时身处如斯氛围的小镇，心里难免抑制不住兴奋。

放下行李后，啄木鸟小姐便迫不及待上街溜达去了，街道很干净，好像前一天被雨水冲洗了一番似的。逛了大半天，啄木鸟小姐看到路边一家家的餐馆、小吃店，不争气地饿了，走进一家小面馆吃了碗小面。面馆的老板娘一脸和气，热情淳朴，招待十分周到。

啄木鸟小姐心想：如果这些地方以后都有我的气息和痕迹，那该多好啊。

感触一点点袭来，她喜欢这种热闹又缓慢的生活格调。

第二天一早，啄木鸟小姐刚起床，站在阳台上伸懒腰的时候，看到楼下后院里有一个青年人正席地而坐雕刻着什么，木屑翻飞。她迅速拾掇了一下自己，捧着摄像机就下楼去了。青年人正是这家民宿的老板，刚过而立之年，啄木鸟小姐叫他森林先生，因为他家到处都是木头，就连森林先生本人，看起来也木木的，她递给森林先生一颗大白兔奶糖，征得他的同意后，打开了摄像机，开始了自己并不专业的采访。

"这个手艺您学了多久？"

"我是我们家木雕手艺的第六代传人，从五岁就开始学习木雕手艺，到现在已经有二十五个年头了。"森林先生的声音有些沙沙的，脸上的两个酒窝若隐若现。

"那您把它们做成实物之后怎么销售呢？您有开实体店铺吗？"啄木鸟小姐看着他手上正在雕刻的小东西问。

"我开了一家名叫'关我雕事'的淘宝店，卖的都是我亲手雕刻的木制品，有实用型的，也有观赏型的。"森林先生头也不抬地回答着。

"哈哈，这个网店的名字好有个性啊，那生意怎么样？能维持平时的开销吗？"

"生意不温不火，再加上这间民宿，生活过得还算滋润吧，和你们大城市的收入肯定是比不了。"

啄木鸟小姐采访他的时候，眼睛一直注视着他手里的东西，看清楚了他正在用雕刻刀给一只立在莲蓬底座上的喜鹊修型。

"这是我准备送给妹妹的毕业礼物。"森林先生很认真。

啄木鸟小姐没有说话，安静地看着他手中越来越栩栩如生的喜鹊，羡慕之情溢于言表，心里特想拥有一只。

她赤裸裸的眼神没有逃过森林先生的眼睛。

"你属什么？"森林先生终于抬头看了她一眼。

"狗。"她诚实地告诉他。

森林先生笑笑说："就当是回报你给我的那颗奶糖吧。"

啄木鸟小姐不明所以。

接下来的许多天，她接连走访了镇上其他的手工艺人，有温婉的刺绣姑娘，有德高望重的制毛笔人，有弹了一辈子棉花的慈祥奶奶，有剪纸的小妹，有髹漆的大叔……

很多时候能让你印象深刻的不是某个夏天、某段时光，而是某个特定场景中的某个人，这段时间下来，啄木鸟小姐印象最深刻的，还是她采访到的第一个人——森林先生，因为森林先生送了她一只嘴里叼着奶糖的木雕哈士奇，她瞬间就明白了森林先生那天那句话的意思，很感激，很欢喜，还有一丝丝的害羞。

都说认真的男人最帅，这句话啄木鸟小姐第一次深有体会。她回想着森林先生雕东西时手上的动作、脸上的表情、黝黑的皮肤，还有不自觉挂上嘴角的微笑。

你的酒窝没有酒，我却醉得像条狗，还是只叼着奶糖的哈士奇。

很快，一个多月的时间过去了，啄木鸟小姐陆陆续续采访完了镇上全部的手工艺人。她有私心，想做一期森林先生的独访，完整地记录一期森林先生完成一个木雕工艺的过程。森林先生对此类采访基本是来者不拒，所有对木雕传承有利的事情，都能让他心情大好，只要还有人不忘手工木雕，他的匠人之心就能燃烧得更热烈，对木雕的未来则更有信心。

他总说民间艺术如果被遗忘，就像远行的人丢失了手中的地图，无法前行。

有时候体味人生，想知道它存在的意义，就必须在对方的独特欲望上，看清楚自己的平淡无奇和不足，从中反思，从中学习，从而体验人生带给自己的乐趣，并且知道自己到底想要什么。

这次采访，啄木鸟小姐收获颇丰。收获许多感悟的同时，她心里还一直期待着能收获点其他的什么。

森林先生知道啄木鸟小姐的归期越来越近，耗时很长的大型木雕必然来不及，最终他决定在镜头下做一把小而精的折扇木雕。

时间紧，任务重，啄木鸟小姐每天都早早地起床，捧着摄像机围着森林先生转。从选择木料，到锯筒、劈料，还有最后的打磨、抛光，她舍不得错过镜头下他每一个细微却不可或缺的步骤，他专注的眼神，他滴落的汗珠，都在她的镜头下熠熠生辉。

都说认真工作的男人最帅，认真刻木头的男人更帅呢。

啄木鸟小姐心动了，不仅对森林先生心动了，她还对木雕这门手艺心动了，这一刻她突然知道了自己想要什么，她想和森林先生一样，靠自己的双手让一块死气沉沉的木头活过来。

在拍摄的过程中，森林先生说到木雕手艺的现状，现代3D打印发展迅速，比起手工雕刻，3D打印速度快效率高，很多传统的手工艺人不得不转行谋生。能一辈子只专注一件事的匠人越来越少了。

啄木鸟小姐听完，觉得特别惋惜，也很同情森林先生，她理解他的无奈……各种各样的情绪在心中不断翻滚，纠结了一晚上后，第二天一早，她单方面向森林先生宣布："等我毕业了，就来做你的徒弟。"

森林先生听到这话后，着实愣住了，现在社会能静得下心学木雕的人，实在是少，这是一项考验耐心和细心的苦力活儿，当然了，还得带有那么一点天生的灵气。森林先生笑笑，不置可否，只当她是一

校园的每一处
都有我们痕过的
痕迹。但
这个夏天
我们就要再见了。

时冲动，毕竟她现在上的大学、学的专业，明明可以带给她更有前途的未来。

啄木鸟小姐看出了森林先生笑容的敷衍，她有些置气，问他属什么，森林先生告诉她自己属虎，她哼了一声，回屋去了。她快开学了，不到一周，她就要回学校了，剩下的几天，她都趁着森林先生不在的时候，悄悄地在后院里刻老虎。

她觉得自己真是给自己挖了个坑，老虎太难刻了，明明和森林先生刻小玩意儿的步骤一模一样，她刻出来的，怎么就是四不像呢？

啄木鸟小姐离开的那天，森林先生送她去车站，在车站，她把自己刻的小老虎送给森林先生，森林先生竟然毫不意外，看来自己偷偷学师的行为被他发现了。

"你这刻的哪是老虎，分明就是 Hello Kitty。"

啄木鸟小姐知道他在嘲笑自己，捶了他一拳，然后奶奶地撒娇："你怎么能取笑我呢，我很用心的。师傅，抱抱。"

森林先生笑得合不拢嘴，轻轻抱了她一下，说："再见。"

啄木鸟小姐上车的时候倒退着朝他挥手："一定还会再见的。"

李宗盛说："世界再嘈杂，匠人的内心，绝对必须是安静、安定的。"

啄木鸟小姐很聒噪，爱闹腾，可当她喜欢上他的时候，当她拿起他手中的雕刻刀的时候，她感到全世界都没了声音。

啄木鸟小姐从森林先生身上感受到了很多东西，尤其是那份不易的坚持，很真切地打动了她。这种动容和心动搅和在一起，在她心底最柔软的角落生根发芽。

她回到学校已经是大四了，大学四年，她从来没有像现在这么认真过，剪辑视频、插入字幕、配上背景音乐……每一个环节，她都花了十二分的心思。

最后，一部名为《全世界都没了声音》的有关发扬民间传统木雕手艺的纪录片诞生了，这部纪录片先是在小范围内激起了一圈涟漪，同学、老师们都点头称赞。很多人都在议论，没想到大学没啥存在感的啄木鸟小姐居然一鸣惊人，拍出了一部如此优秀的具有镜头感和意义的纪录片。

后来该纪录片被微博上某知名博主转载，更是轰动一时。森林先生的"关我雕事"淘宝店顿时声名远扬，生意火爆。

没多久，啄木鸟小姐接到了森林先生打来的电话。

"谢谢你。"

"谢我什么？是因为现在店里生意火爆谢我，还是谢我发扬了传统文化？"啄木鸟小姐故意逗他。

"都有。"森林先生嘿嘿地笑了声，"我嘴笨，但你肯定明白我。"

"我怎么会明白啊？我又不是你的女朋友。"说完这句话，啄木鸟小姐的脸唰的一下就红了。这句话她想说很久了，但一直不敢。

"但你是我的哈士奇啊。"本来是句玩笑话，但森林先生说这句话的时候竟让人觉出几分深情的味道。

好一阵，电话两头都没人讲话。

"到时候记得收我为徒就好了。"啄木鸟小姐打破了尴尬。

森林先生依旧当她是小孩子心性，笑了笑没说什么。

临近毕业的时候，啄木鸟小姐终于把自己的论文搞定了，并且顺利通过答辩。大学生活即将拉下帷幕，曾经浪费掉的三年，在最后一年填充完满。因为她找到了一个对的人，这个人让她的大学生活得到了圆满的收场，她觉得，他就是给自己最好的毕业礼物。

她收拾好自己的行李，上了一辆开往东南小镇的列车。

那只叼着奶糖的哈士奇，在她的背包上，随着偶尔颠簸的列车，不停地晃啊晃。

如果你能解释为什么会喜欢一个人，那么这未必就是爱情，真正的爱情没有原因，无关长相，无关职业，你爱他，就会莫名其妙地爱他所有，尤其是他那个炙热的灵魂。

我们要的爱情，一个你，一颗心，一心一意，一辈子。如此而已。

一个有故事的 女同学

02

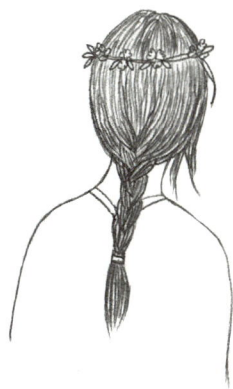

我们对最亲近的人总会莫名地不耐烦，因为那是最亲近的人，我们对待外人总是那么客气，如此一般，本末倒置。

有一个人，她的故事永远比你多，她可以陪你破海渡洋，可以为你挡住寒光，甚至可以照亮你的人生。她的毕生追求可能只是为了成全你的诗和远方，全世界的人对她的称呼都一样——妈妈。

从大学开始，不，准确来说，是从我第一次远离家门开始，基本上每天都会和妈妈视频，每天说着不一样的话，说来说去，不外乎就是那几个话题。最近骗子喜欢用什么方式诈骗；演艺圈某某被拍到了私会，是不是真的；早上第一杯水的重要性；枕头该如何选择……

尽管现在的我已经这个年纪了，妈妈还是会每天问候，哪怕不能视频，也必然会发微信。说实话，我开始是真的没什么耐心，这种没有耐心具体体现在：不想听唠叨，正在和朋友聚会，手里有更重要的事情要做……

可能每个人对父母的"唠叨"都有过渡期吧，只是我的过渡期非常短，具体是什么事情让我醒悟的，我不知道，可能是一幅画，可能是一段文字，也可能只是成长使然。

那就来聊聊我和妈妈之间的一些小事好了，也许在你们看来这都是一些琐事，但是对于我来说，现在回忆起来非常珍贵，所以毫不吝啬地想分享给你。

从小到现在，我什么球都不会，很多人说：你白长了这么高的个子，怎么在运动方面什么都不行？

男人最怕别人说自己不行，每每这个时候，我都会异常坚定地说，我喜欢的运动是——散步。

那就以我运动差的话题入手，看看我妈在其中扮演一个怎样的角色。

先交代一下背景，不瞒你说，小的时候啊，我出生在一个比较富裕的家庭，可能就是传说中的富二代吧（骄傲脸）。从很多影视、书籍作品中多少可以了解到，有些有钱人家的孩子行为举止会显得有点二，比如自己常吃的东西别人没吃过，我就很不能理解，为什么？在大家都穿着那种照片上才能见到的手织的衣服时，我早已穿上白色小西装。在我用惊奇的表情看着大家的时候，大家也在用同样的眼光看着我。

但有钱人家的孩子依旧很受欢迎，知道为什么吗？没错，因为有钱。

小学的时候，我上的是贵族学校，挤破头进去就为了接受好的教育，德智体美劳全面发展。老师们也都知道来这里上学的孩子的父母都是各个行业的佼佼者，当然对我们也很客气。我呢，从小就长得帅，说到这里，是不是认识我的人在心里翻了个白眼，不认识我的人想马上翻翻书中的图片核实一下？好的，我的目的达到了。

再加上我从小学画画，自带才艺，老师对我更是格外看重。当时每周或者是每个月，具体的我忘记了，全班每个同学都要做一份手抄报，内容大概就是要把这一周的要闻和自己的感想用文字和书画的形式记录下来，起初我是排斥的，因为它真的占用了我太多娱乐的时间，但是迫于老师的"看重"，我不得不为此花些心思。神奇的是，后来每次都拿第一名，甚至代表全校去市里拿奖，那种自信就慢慢上来了，也渐渐爱上了这项"任务"。现在回过头去看，我不确定当时的我是真的爱上了这件事情本身，还是虚荣心作祟。只记得每次看到我的手抄报排在展出第一位时，那份喜不自胜的心情。

现在想想，这真是件好事，不仅一直在锻炼我的写字和画画技巧，还培养出了我写东西爱总结的习惯。

我妈从小就把我当宝一样养着，深刻记得，有一次我们班级组织大扫除，老师要求每个同学都要动手。虽然大家都不爱干活，但是想到不需要上课，大家伙儿嘻嘻哈哈的，还是蛮期待的。到了大扫除那天，我妈直接雇用了一个人，做我的那份工作……我不知道该哭还是该笑，如今看来，从那个时候开始就已经埋下了我不会运动的种子。

我们小学的体育课，老师们基本是应付了事，除了跑步，没有其他体育项目。只有在冬天的时候，才会有那么几堂滑冰课。

其他体育课，先是上课跑两圈，就解散自由活动，然后大家伙儿就开始学着最近看的武侠剧里的招式进行比武，不然呢，就是学校占用体育课去练习一些队形变化，为了市里的比赛，练习什么竖笛、花棍舞，等等。

我很认真地说，我没有运动细胞，我妈是罪魁祸首。老师说要跑马拉松，我报名后回家告诉我妈，我要跑马拉松了，可太帅了，到时候你记得去路边给我送水。我妈淡淡"哦"了一声，让我赶紧取消，让其他同学参加，说什么马拉松跑完，我肠子就断了，给我吓得啊，我从小就惜命且听话，二话不说就取消了报名。

后来上初中，第一堂体育课，我们在操场集合，简单运动之后回到班级互相认识，听老师交代后面的课业。

只要心中有阳光
花开便无声
生活丰富多彩
每一处 都是风景。

不过我直到现在也忘不掉第一堂体育课在操场上发生的情形，集合列队之后，老师发出口令向左转向右转，我是分左右的，但是不会脚下动作，你能想象一个个子高高的男生，两只脚像绑在了一起一样，同时向左或向右转的样子吗？好吧，我以为没人发现，结果体育老师那天可能是和老婆吵架了，一直戏谑地看着我，我脸红地挪着小碎步坚持向左右转。可能还是因为长得帅吧，最终他叫我出列了，然后让我当着全班同学的面向左向右转。没错，依然是那样的步伐，在同学的嘲笑声中，他成功地看到我越来越糗。下半节课，回到班级坐在课堂上，他开始点名，感觉每一个名字都让他反应平平。直到叫到孟楠（这是我以前的名字，孟瑞是我自己起的）这个名字，我站起来后，他的眼睛瞬间亮了。

他问我叫什么，我重复了一遍之后，他说："你还真是'做梦都难'，一个向左向右转都不会，你还能做什么？"

我流下了三滴汗，一滴敬过往，一滴敬明天，一滴敬我妈。

放学后，班上一个漂亮女生，不知是因为老师的交代还是自愿，她留下来教我——向左向右转。

看着她流着汗蹲在我面前，认真地看着我的步伐的样子，我当时发誓我一定要学会这个动作，虽然它于我而言，真的很难很难。她一会儿告诉我错了，一会儿拿手扳着我的腿，时不时碰到我的大腿内侧，那一刻，我觉得不会向左右转可真好啊。

初中的体育课就这样被时间的洪流卷走了，当我想踢足球的时候，妈妈告诉我，踢足球不长个，腿还粗。

当我想打篮球的时候，妈妈告诉我，特别容易骨折，并且手指会粗。好吧，这也怪我，我为什么什么都忍不住告诉她呢？如果不说，直接就那样去做了，或许就不一样了。这是后话。

但庆幸的是，我一直靠着画画、写字拿奖状和奖杯。

高中，是我的天堂。因为大家都是特长生，所有的体育生、美术生、音乐生会集到一个班，这个班才艺最多，这个班颜值最高，这个班学习成绩最差。虽然那会儿我们已经没有了体育课，失去了体育课随便游玩的乐趣，但身边的朋友都是一群很会玩的人，所以过得还是非常舒适的。

午休时间，我们几个好友要么吃完盒饭去校门对面的美发店洗头发、吹干、抹啫喱水；要么就去碟店，印象中，是给老板一块钱，然后就可以进入小黑屋，只有电视是亮的，其他地方黑乎乎一片，什么都看不见，你摸索着找到床或者沙发坐下来，然后和一群不认识的校友看最新的电影。

那个时候积累了我大部分的观影量，后来不去的原因是，小黑屋总有学哥学姐卿卿我我，动不动发出点怪异的声音，不然就是接吻接得满屋子都听得到。当时心想：我刨你家玉米地了，你给我看这个？

到了大学那可精彩了，进校没两天学校就组织军训，听到消息时我心里就开始打鼓。学校果然没让我失望，长跑、爬山、站军姿、爬铁丝网……班上很多人都以为我长得高高的一定是运动健将，谁知道样样出糗，长跑永远在最后躬着身子喘气，爬山到了山腰就不想上去了，站军姿晒到中暑被送医疗室，军训服都能被铁丝网刮破……

我一直用"水土不服"这个借口应付着军训。

军训结束的时候，我以为噩梦终于结束了，谁知道才刚刚开始，体育课！期不期待？为什么大学还要有体育课，排球、篮球这些一堆人抢一个球的课程居然有那么多人热衷，实在是令人费解。瑜伽和太极拳是什么？能告诉我吗？

没错，机智的我靠着帮学校打比赛，在电视台实习，躲过了无数堂体育课。

有句话说得好，出来混，总是要还的。期末的体育课考试，如果挂科我就惨了。终究是逃不掉了，左思右想了一阵后，我找到导师为我求情。

"孟瑞呢，总帮学校争光，确实少上了很多课，考试的时候，咱们尽量照顾一些。"

听到这些，我不自觉地嘴角上扬了。

篮球考试，考的是三步上篮。老师在篮筐底下拿着本子计分。因为担心班上强人太多，显得我特别烂，我主动说第一个考。我发誓，当年的我真的以为三步上篮是走三步投篮，当我慢条斯理地走三步开始帅气地抛球时，老师及时喊住了我，问我在干吗。我这个人啊，哪怕做错了，别人问我原因的时候我还是会大声地说出来，并且脸上要保持冰冷，让对方不自觉地感觉我是正确的。但当我这样做的时候，很明显老师并没有这样的感受，他很不耐烦地说，退回去退回去，看看别人怎么做。看后我才知道，哦！原来三步上篮是要在运球助跑两步后，跨出第三步时必须投篮，很简单啊，早说就好了嘛。

当我开始这样做的时候我发现一个问题，这个球啊，它不跟着我的手走，我没有办法带它跑，一拍它就跑掉了，想象一下一米八二的帅气男生在球场上追着一个不听话的球跑，跌跌撞撞的，脸上还保持着淡定的表情的场面。不管它了，先投进再说，伴着周围同学的窃笑，这个球不偏不倚地砸在了球筐下拿着本子计分的老师头上。

没有意外，篮球不及格。

你们知道接下来考的是什么吗？我当时也是第一次听说——立定前滚翻和一跃前滚翻。请问，毕业之后我要去做杂技演员吗？为什么要考这个？一跃前滚翻稍微简单一点，地上放一个海绵垫，从远处助跑，在垫子上头朝下打个滚然后站起来。可能是因为助跑挺顺利的，我闭上眼睛居然奇迹般地完成了。在垫子侧面蹲着的老师冷冰冰地说了句：过。

我当时的感觉就好像拿到了世界冠军，心里的烟花、礼炮、鞭炮全都炸开了。接下来是立定前滚翻，这项运动没有助跑，要站在垫子外，翻一个跟头之后以半蹲双手抱膝的姿势结束。我前面一个妹子，用头慢慢在垫子上着落，但是双脚抬不起来，往后用力的一瞬间，因为与垫子摩擦的关系一簇头发掉了，看到她痛苦的表情，我慌了。

想知道结局吗？听起来是不是特别像我在讲故事，但故事都是来源于生活，并且远远没有生活精彩。我在慢慢做这个动作的时候，双腿使劲一抬，以为自己翻过去了，其实我骑在了老师的肩上，我现在写到这段的时候自己都不受控制地笑了。

以上，就是在我妈的精心呵护下，造就出来的体育白痴的学生时代。

职业的原因，我经常遇到各种运动，每次都是忐忑地完成，有时我就在想，小的时候如果爱好体育该多好，面对很多高难度的动作，或许就能得心应手了。不过还好，少了运动，便多读了些书，这也让我在日后拍戏时，对剧本的理解比别人透彻。当别人提笔忘字的时候，我能写出一手不算难看的字，当我想表达又找不到人诉说的时候，我可以画一点小插画。这些看似简单的、不怎么能在台上拿得出手的技能，潜移默化地改变了我。虽然对运动兴致缺缺，但是让我感兴趣的事情好像也因此变得更多了。

在我十岁的时候，我妈和我爸离婚了，我曾经问过她，后悔吗？她说没什么后悔的，两个人不合适早晚会分开，她只是不想将就地活着。

我知道她后来很辛苦，剪短了头发重新来过，一个人骑着自行车驮着粉条去农村卖，小小的个子顶风都骑不动车，我不知道她驮着庞大的一袋粉条是怎么做到的，她太要强了，完全凭着一股倔劲儿。

后来开了小卖店，一个人进货、销售。晚上不敢太早关门怕错过生意，又不敢太晚怕遇上打劫的，毕竟是个单身女人。

有很多单身的男士都对她有好感，献殷勤地帮她搬东西干活，姥姥也说，一个人太累了，你还带着个孩子，有合适的就谈谈。

其实她对每一个追求者，都说了唯一的一个要求，要对我好、对我负责。她对我说，她的人生已经很无趣了，不想我的人生也混沌着过。

你们发现没，你爱吃的，父母总说不爱吃，为何如此？不过一个"爱"字。书上说"母爱如海深，有尺难丈量"，我们好像总是感觉不到，但它并不是不存在。

我们对最亲近的人总会莫名地不耐烦，因为那是最亲近的人，我们对待外人总是那么客气，如此一般，本末倒置。

妈妈心里住着一个小公主，她喜欢粉色，喜欢一切小女孩喜欢的东西，甚至会把粉丝送给我的精致小娃娃摆在书架上面，拍视频展示给我看，睡觉前会亲亲它们，和它们说晚安。

听起来很可爱，但是宝贝们，你们不觉得这是孤单的一种表现吗？每每这个时候我就会想多陪陪家人，事业什么时候都不晚，钱赚不完的。她最常说的一句话就是：等以后我们好一点了，我们就去旅游。

什么时候是好一点了？我想，在她心里或许根本就没有那一天，因为好不好取决于我给她什么样的感受。

好几次休假，我说要带她出去玩，计划的时候答应得好好的，真正着手订票的时候，她会突然说不想去，并且扔给我一堆乱七八糟的理由。其实我知道，她是担心花钱，担心耽误我的时间。后来我吃一堑长一智，直接买好了机票再通知她，还会邀请朋友陪同帮我做攻略，只管让她开心地去吃去逛。

我告诉她，没有好一点的时候，现在就很好，不要等到你都没心思去玩了，你走不动了，那个时候什么都晚了。你总说我姥爷一生没坐过飞机，等我好一点，带他坐飞机来北京看我，谁想到一场车祸让这句话变成了遥不可及的梦话。

所以，妈妈，当下永远是最好的时候。

在国外的一家名品店，妈妈看上了一件衣服，穿上后在镜子前面照了半天，我问她喜欢吗，她说喜欢。我对服务员说，买了。我知道她一定会担心钱，便偷偷告诉服务员，如果她问就说 500，服务员会意地冲我微笑。刷卡的时候我就在想：她喜欢比什么都重要，能让家人开心，如果钱能办到的，就都不是事儿，我赚钱不就是给她花的？

我拍戏带她去新西兰，她因此兴奋了好几天，这是她第一次走出亚洲，我跟她说剧组会报销，她才同意去。鬼知道我头等舱的机票就花了三万多，但当我看到她坐在车上看着大草原上的羊群尖叫的时候，值了，真的。你懂那种感觉吗？

当然她也会撒娇，出发之前，粉丝宝宝送给她一条红色的围巾，是老上海的一个品牌，她喜欢得不得了，兴奋地跟我说，正好没有红色的围巾，在国外又实用。后来酒店的服务员不小心弄丢了，她不高兴地跟我念叨了好几天，说是真的很喜欢。我说没事，回头我再给你买一条，她说那能一样吗，这是你的粉丝送给孟妈妈的。语气中带着骄傲。

女生到什么年纪都是女生，都需要别人照顾。随着我越来越成熟，她也越来越依赖我，以前都是她帮着我出主意，现在我也会给她一些建议。能感觉到妈妈对自己的依赖，这就是我最大的幸福感。

我很庆幸在成长的路上有这样一个朋友陪伴着我，永远不会伤害我，永远给我很多很多的爱。很多朋友会说，我的妈妈就不这样，她不理解我，干涉我。我觉得是沟通的问题，我们应该跟着妈妈一起进步，一起成长。

沟通很重要，除了太令她担心的事情，我会讲我发生的一切事情给她听，她会给我分享自己看到的新闻、养生知识等。我们看同一本书，还记得村上春树在萌芽上连载《1Q84》的时候，我俩像着了魔一样追着每期都买，随着故事的情节一起讨论，同时也会感叹大作家的文笔。读书那会儿，当她帮我叠被子抖出枕头下三五本言情小说时，没说我不务正业，因为她一直觉得开卷有益，什么书都有它的益处所在，只说了句男孩少看。我猜想可能是因为她发现我床边的卫生纸用得很快。

我不知道有一天我失去她会是什么感觉，我也不敢想，我只知道这样的日子早晚会到来。既然如此，那我们是不是应该好好享受当下，喝最好的红酒，看最美的风景，聊她年轻时候的爱情故事，聊我的近况，然后大声地取笑对方。每天视频，互道安好。

其实我已经很努力地在让自己变厉害了，却还是害怕，赶不上她老去的速度。她老了，却越来越像小孩，可我知道，她比我小时候好哄多了。我对很多事情没有耐心，对我的员工，对谈不拢的项目，对不得不较真儿的剧本，但唯独对她，我将用尽我所有的耐心。

断断续续想到哪儿写到哪儿，分享一些鸡毛蒜皮的小事不为别的，只希望你们每次拜佛烧香，都不为功利，不为情郎，只愿她一世安康。

半朵　悠莲

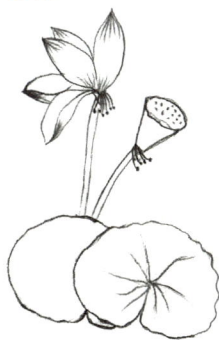

03

繁花似锦觅安宁，淡云流水度此生，

愿你也能有属于你的那半朵悠莲，

愿你也能找到自己真正的信仰。

我在上本书里写过一位高中同学的故事，她人特别逗，存在感强，但不会令人感到反感。无论谁跟她待在一起都会很开心，她是一个天生具备幽默感且说话非常有感染力的人。我们一直都保持着不错的关系，上个周末我还提了一瓶红酒去她家玩。

她让她先生下楼接我，自己在厨房做了一桌子的菜。菜肴上齐后，我们边吃边聊各自的近况，嘻嘻哈哈地喝着红酒。

因为我们是高中同学，又同在北京，所以她是我为数不多的亲近朋友之一。我印象特别深刻的是，她刚来北京的第一天，让我带她去后海的酒吧。她说既然来了，就一定要感受一把属于北京的浓烈的氛围。那是她人生中第一次去酒吧，两个穷孩子点了一盘小吃、一瓶啤酒。不知是灯光太过昏暗，还是驻唱歌手嗓音独特，或是酒精令她微醺，在酒瓶快要见底的时候，她告诉我她决定来北京混了。

一贵一贱交情见

我见过很多这样的朋友：虽然你们不在同一个行业，但是你们互相关心，互相扶持，他能陪你一起吃苦，然而，在你有成就的时候，他反倒开始疏远你。很多人不理解为什么会这样，其实特别简单，这样的人分两种：一种是怕别人说他接近事业有成的你是另有目的，导致他自己不自信了，在祝愿你越来越好的同时自己默默地闪到一边去；另一种是随着各自成长，你们双方之间有了利益矛盾，他得不到自己想要的，关系就崩盘了。

当然了，不可否认我们身边还会有这样的朋友，在你苦的时候伴你左右，在你小有成就的时候，依然陪着你，虽然不一定能帮到什么，但是偶尔的时候，能作为一个倾听者，听你说说真心话。

还有很多朋友是因为工作走到一起，工作结束也就散了，其实这个也很正常，毕竟本来就是带着工作性质结识的。至于结束后还能不能成为朋友，就要看各自的缘分了。

择其善者而从之

作为一个公众人物，需要谨言慎行，你的一张嘴永远解释不过舆论导向。但我一直在坚持做真实的自己，你问我，我可以选择不说，但是我一旦开口，说的就一定是真实的，在我看来，这是作为一个男人最基本的原则。

我曾经跟赵丽颖聊过这个话题，她说到自己的经历，在她没红的时候，身边很多人都说她不会说话，不会回答记者问题，什么事情都随着自己的性子来。所以有很长一段时间，她也在学习和改变，但这

无论是什么年代
记住
这是属于我们的时代
谢之阅读这本书
比心。

不是川剧变脸，怎么可能在短时间内蜕变成另外一个人？因此她也没找到什么好办法，只能尽量地适应。可后来随着她越来越红，大家对待这些事情的反应就和原来完全不一样了，都说这是她最真实的一面，是不可多得的优点。所以有时候我们真的不必太过在意他人的眼光，自己的路只能自己走，别人提出的意见无须全盘接受，择善而从即可。

兴适琴书趣独穷

我这个高中同学在公司被升为主管，工资涨了不少，她高兴了几天，却辞职了，原因是没了自己的时间。很多人会说，你还是不差钱，在温饱都成问题的情况下，你怎么可能拒绝？这话说得也没错，但是我特别理解她，每个人对自己要求不一样，有些人活着是为了赚钱，有些人活着是为了生活。可是她觉得自己生活的乐趣就在下班之后做做菜、跟老公看看电影、逛逛淘宝、做点手艺活这些小事之中。可是做了主管之后，责任越来越大，要管的事情越来越多，时间都用来加班了，这让她觉得生活中的乐趣都少了很多。

说到手艺活，她可是一把好手。她经常会用她老公送的那台缝纫机做点小玩偶或者自己穿的裙子，同事生宝宝，她还给亲手做过小衣服。我跟她说："不如让你的兴趣变得更有价值吧。我今年做了个服装品牌，你做一些帆布袋或者小玩偶什么的，交给我来销售。不需要量产，但起码要有几十个。"

她有些心动，但嘴上还是说："不太好吧，一来我没什么时间，二来我买的那些面料价格都比较贵，怕你也卖不上价格。不过我可以给你看看我做的小玩偶。"

说着，她从抽屉里拿出了一个看不出是鸭子还是兔子的东西递到我手里。我看过之后还给她，冷漠跟她说："对不起打扰了，就当我刚才的话没说。"

她哈哈大笑，说我笑话她。我告诉她："你做的这个玩偶确实不错，面料舒服，又是纯手工，自己留着玩还可以，但是真正能拿出来销售的产品还是要对得起客户的，你这个还是不够精致。"

映日荷花别样红

谈完兴趣之后，我们又聊到信仰，她给我讲了一个故事。

她有一个女同事，是一个特别有爱心的人，热爱世界上的所有生命，尤其是小动物。一天，她花三块钱买了一只小黄鸭，萌萌的特别可爱，喜欢得不得了，每天都在朋友圈记录小鸭子的成长，除此之外，她还收养了一只流浪猫和一只流浪狗。有了这群小动物，她觉得自己的生活特别多姿多彩，仿佛自己成为了全世界最幸福的人。

有一天她出去遛狗，顺便遛小鸭子，脚下一个不小心把小鸭子给踩死了，事后她伤心得不行，给小鸭子挖了坑埋入土，拍了照片发朋友圈，并表示会替它祷告超度巴拉巴拉。不仅如此，她还把小鸭子的事情发到了豆瓣上，很多网友给她留言——实在是太可怜了，小鸭子那么可爱，我们也会祝福它，祈祷它在天堂安好巴拉巴拉。也有很多人在问小鸭子是怎么死的，起初她不太好意思说，后来问的人实在是太多了，她便回答了一个网友，说是被自己踩死的。那个网友回：傻×。

这位女同事的信仰，我们不知道是什么，可能是她尊重所有生命，只是这样一件小事的结局令人无语凝噎。

我的高中同学讲完这件趣事后，她老公在一旁接话道："说到信仰，我有一个同事，他也有信仰，并且特别虔诚。也是因为这样，平日里他总是不打招呼就消失，无论是谁也找不到他。有一次他消失了一个星期，发信息不回，打电话不接。最后老板实在没办法了，给他发信息，告诉他再不回信息，就要打电话给他父母了。这哥们终于回信息了：放心，我没事。"

其实老板才不关心你有事没事，只是想提醒你赶紧回来上班。

接着我也讲了一件关于信仰的事情：在演艺圈有很多人是很迷信

的，我之前认识一个姐姐，当时她很红，具体是谁我就不说了，现在的她已经结婚生子淡出娱乐圈了。我俩在一起拍戏的时候，她和我讲到，当时很多香港艺人都去泰国求见白龙王，她也去了，本以为白龙王会预言很多事情，没想到只是问了两个问题：一是你脾气好吗？二是你孝敬父母吗？如果你脾气好，什么事情都会好，凡事有商有量；百行孝为先，如果你孝敬父母，你这个人人品不会差。

多么有趣，迷信的人找到了那个你以为会给你带来安慰的迷信载体，但载体本身，却让你回归自身。

因为夫妻俩次日都要早起上班，我便早早离开了，在回程的车上，我望着窗外，微微有些出神。

信仰——这个词有很多种解释，如我高中同学的女同事，如我高中同学老公的那个同事，你说他们没有信仰吗？他们是有信仰的，但是他们做的事情真的对得起他们的信仰吗？

回到我的这位高中同学身上，我觉得她就是我所说的——自己是自己的信仰。当时她来北京的那一刻，我就感觉到了她的信仰，这份信仰，来源于她自身。她敢于做决定，有主见，无论是友情、爱情，还是事业，她永远都能从容地、优雅地面对，不急不躁。

遇到什么事情都看淡一点，朋友走了，会有新的人顶替这个位置；爱情走了，从中的收获会帮助你在下一段感情中更用心对待；事业走了，那只是下坡路，只要加把劲熬过去就是另一个山头。

小时候画国画特别喜欢画莲花，因为它色彩没那么复杂，体形也比其他花要大，上色容易，只是画到茎部以下会变得复杂些，颜色也偏重，要一遍遍地上墨。可是如果没有下面那么重的色彩、那么复杂的结构，怎么能显示出莲花的雅？

可见，它的禅意，都来源于它自身释放的魅力。

繁花似锦觅安宁，淡云流水度此生，愿你也能有属于你的那半朵悠莲，愿你也能找到自己真正的信仰。

- *Four*

冬雪酷寒，
与你白头

寻找那个最适合你的爱情，它独一无二，为你量身定做，没有那么多浪漫桥段，没有那么多狗血剧情，因为你就是这个世界上独一无二的。

天气
———

❄️

小雪

西北风

-4~8℃

天气
———

🌧️

小雨

偏南风

11~22℃

天气
———

多云

无风

26~37℃

天气
———

晴

微风

14~26℃

明人不说暗话，告诉他：

我喜欢你。

爱情 便利贴

01

假如你已经拥有了你的爱情，恭喜你，请不要怀疑，它一定是适合你的，好好经营，这是你寻找到的。假如你还没找到爱情，不要着急，它一定会出现，也许就在咖啡厅的转角，也许就在公交车的后座。

我不知道看我书的读者大都处在一个什么年龄段，但我知道，不管多大年纪我们都向往爱情，或者说向往过爱情。有一天我突然想到这个话题，问了自己很多遍——爱情是什么？

我不太记得爱情中的我是什么样子，所以很难说出一个明确的答案。出于好奇的心理，我采访了身边二十位朋友，他们来自五湖四海、各行各业，年龄也不同。

我发起的提问是：你眼中的爱情是什么样的？用一段话或一个故事告诉我。

我们分成男生篇和女生篇来看一下，不同性别、不同年龄的人，他们眼里的爱情都是什么样的。说不定可以打开你新的爱情思维，或者对你在爱情里的选择有所帮助。

女生篇：

（一）乐乐

摄影师

坐标：北京

已婚 28 岁 月收入 ¥50000

爱情就是夜里三点我想吃乐之饼干，我老公跑了四五个地方，把他找到的店里架上所有的乐之饼干全买了，昨天晚上的事，让我觉得我俩可能还有爱情。

（二）茉莉

杂志社编辑

坐标：北京

已婚 30 岁 月收入 ¥20000

借用杜拉斯的话：爱之于我，不是肌肤之亲，不是一蔬一饭，它是一种不死的欲望，是疲惫生活中的英雄梦想。

我想要的爱，能给我的生活锦上添花。

（三）草莓

公司员工

坐标：上海

单身 26 岁 月收入 ¥5000

对于我来说，爱情就是爱了不计较结果，它是我精神世界的一部分，但不是人生的必需品，可有可无。

（四）飘飘

演员

坐标：北京

情人节不要和我说
"情人节快乐"
除非
你想和我过。

有男友　28岁　月收入¥30000

最能日久见人心的就是爱情，因为日久了你就会发现，你向往的爱情是根本不存在且没用的东西。

（五）奈奈

公司员工

坐标：黑龙江

已婚　35岁　月收入¥2000

我想要的爱情其实很简单，平平淡淡，不需要天花乱坠。不羡慕年轻时的海誓山盟，只羡慕晚年的白头到老，不求圆满，只求至真。他愿意和我并肩同行，在爱情里，三观一致，且行且珍惜。

（六）津津

编剧

坐标：重庆

单身　26岁　月收入¥60000

大学的时候，我比较爱漂亮，每天把自己打扮得光鲜靓丽的，追我的男生不少。当时有个师哥，总是跟在我屁股后头，有一次还为了我打群架，我这才知道他喜欢我，但我没答应他，因为一直差点感觉。那会儿我有一群玩得不错的朋友，周末我们约好一起去吃海鲜，没想到他也认识我那帮朋友，索性就一起了。

在公交车上，他突然跟我说起自己父母离婚的事情，小的时候，他爸爸跟他说："你要是想我了，就坐 × 路车来找我。"当时的他只有几岁，但是记得很清楚。

一次他踏上 × 路公交车去找爸爸，结果司机说："下车去，没钱坐什么车。"

他才恍然大悟，哦，原来找爸爸是需要钱的。所以他长大后，拼命赚钱，以至于在我眼里的他，一直是个过于功利的人。

他跟我讲起这段往事的时候，弓着背，头埋在膝盖上，我忽然觉得他有点脆弱，那种感觉就好像，我的目光穿过他的衣服和背脊进到了他心里。

没过多久，我们就在一起了。一谈就是三年多，那是我谈过的最长的一次恋爱，对我来说，那一场恋爱开始于公交车上的一刹那，后来想，可能是我电影看多了，这场爱情只存在于情境中，它虽然真实地发生过，但它又并不真实，因为那一刻的动容和拯救欲，让我们在今后的生活关系里，千疮百孔。

（七）家家

画家

坐标：上海

已婚 37 岁 月收入 ¥50000

曾经在路上看到一对白发苍苍的老人互相搀扶、走路磕磕绊绊的样子。还在网上看到过一位八十岁的老人通过电视和多家媒体寻找自己五十年前的初恋，找到初恋后不久，老人便去世了。还有一个真实的故事，台湾的一位老人等他爱的人等了一辈子，只因两人在二十多岁时的一场约定。到了六十岁，他们终于在一起了。

我觉得只有时间才可以证明真正的爱情。

（八）丽丽

演员

坐标：北京

有男友 25 岁 月收入 ¥30000

我眼里的爱情是始于心动，陷于细水长流，终于白头到老。不经常大吵大闹，可以一起谈论工作、互相欣赏的同时，还能数出对方的缺点，甚至觉得对方的缺点很可爱。没事的时候一起自驾旅行，将生活和爱情融为一体。

（九）李李

家庭主妇

一个女孩变成一个女人的过程，不是年纪大，而是她不想再爱了。

坐标：北京

离异 50 岁

在我眼里啊，爱情不是谁对谁好，谁付出了什么，付出了多少，就是觉得他好，想让他笑，想让他快乐，和金钱无关，和权势无关。只要他笑，他快乐，我就会笑，会快乐。

我想和他平淡地走完一生，只有我们俩。

（十）婷婷

经纪人

坐标：北京

单身 26 岁 月收入 ¥100000

爱情是这世上除了毒品以外，唯一让你无法控制自己的东西，存在的本质是让我们通过对方更加了解自己。

男生篇：

（一）龙龙

主持人

坐标：山东

已婚 26 岁 月收入 ¥30000

我是一个很喜欢抬头看天空的人，觉得生活就像蓝天，而爱情就像天上飘着的白云。天空可以没有白云，没有白云固然清澈，可是总觉得缺了点什么。

当天空有了许多时时刻刻变换形状的白云时，这天空才有趣味。

（二）超超

导游

坐标：秦皇岛

单身 30 岁 月收入 ¥20000

两个人都彼此爱着对方，有足够的经济实力和物质条件，不被现实的条条框框所束缚。

（三）张张

设计师

坐标：天津

单身 31 岁 月收入 ¥40000

爱情就像米其林餐厅，吃了很爽，不吃也死不了。

（四）喜喜

导演

坐标：浙江

已婚 26 岁 月收入 ¥30000

终其一生的陪伴，相敬如宾的谦让，燃烧绽放的激情，爱屋及乌，理解与包容，是为爱情。

（五）包包

设计师

坐标：北京

单身 24 岁 月收入 ¥6000

在我眼里，爱情是简单和尊重。我女朋友之前好不容易来了趟北京，原计划第二天带她去国贸转转，再在外面吃饭。结果她早上起来漱完口，竟和我说要在家里吃泡面、看综艺。我当时特不能理解，为什么大老远跑来，不出去逛逛，却要在家里吃泡面。小小地争执了一会儿，她说："简单一点就好，我只是想体验一下你平常坐在这个位置吃泡面的感觉。"

最终我妥协了，我俩一起在家吃着泡面看综艺，她的笑容看起来比下馆子时还甜。

（六）浩浩

演员

坐标：北京

单身 31 岁 月收入 ¥40000

我觉得爱情是无法被定义的，当你去定义它的时候，它便不再是爱情了。

（七）鑫鑫

市场总监

坐标：北京

单身 24 岁 月收入 ¥20000

眼睛为她下着雨，心却为她打着伞——这句话貌似是我在哪里看到的，不过我觉得吧，在爱情里面，我是偏付出型的。

（八）台台

教师

坐标：贵州

已婚 56 岁 月收入 ¥3000

我们的感情可能早已是亲情了，就像自己的左手摸右手一样。彼此之间，只剩下包容、互补、柴米油盐。

（九）照照

音乐家

坐标：香港

已婚 40 岁 月收入 ¥50000

爱情是陪伴，是相互扶持。

婚礼上的誓词，我觉得是对爱情最好的解读——你愿意无论富贵贫穷，无论健康疾病，无论人生的逆境顺境，在对方最需要你的时候，你能不离不弃直到永远吗？

（十）天天

歌手

坐标：北京

单身 24 岁 月收入 ¥20000

爱情是奢求。

"我喜欢你"这句话，我一直不敢说，怕说了你就永远不理我。为了不让你看出我对你的好，我只能对身边人都好，我他妈要累死了。

喜欢男生有错吗？

看了身边朋友对爱情的理解，大概的感受是这样：男生对待感情的态度会简单一点，女生则期待多一点，年纪大的看得淡一点，年纪小的憧憬多一点。

不论是谁，也不管处在一个什么年龄段，爱情是人类经久不衰的话题，只是感受不同罢了。

在爱情面前，喜欢是藏不住的。喜欢一个人的时候，哪怕一个简单的眼神，都会被别人轻易看穿；喜欢一个人的时候，和他说起话来都格外温柔，还能将对方脸上细微的变化洞察得一清二楚；喜欢一个人的时候，会努力地让自己变优秀，从而有所期待。

也许有一天你独自一人看了一场电影，从电影院出来，习习的晚风吹在你身上，看着散场后的一对对情侣从你身旁走过，你会感到有些孤独，想象着如果身边也有一个这样的人该有多好啊。你想象着，这个人会是什么样子，性格如何，和你在一起会不会幸福；你想象着，他陪你打游戏，在你做饭的时候给你打下手，每天早上会温柔地叫你起床，还骂着你懒虫；你想象着，你们一起去夜市吃大排档，一起去游乐场骑旋转木马，一起吃草莓味的冰激凌，在巴黎的人潮里拥抱，在电影院偷偷地亲吻；你想象着，他会在你认真工作的时候偷亲你的脸，在你看书的时候，听着音乐躺在你的腿上，在你生病的时候照顾你，刮着你的鼻子骂你小笨蛋，在你们吵架的时候，假装生气不理你，等着你哄……

想象着想象着，那个人变成了只属于你的超级英雄，听着你浅淡的呼吸声温暖入睡，如斯美好。

这种恋爱谁不想要？只是这个人在哪儿？

如果你问我爱情是什么，我说是——寻找。

寻找那个最适合你的爱情，它独一无二，为你量身定做，没有那么多浪漫桥段，没有那么多狗血剧情，因为你就是这个世界上独一无二的。所以，假如你已经拥有了你的爱情，恭喜你，请不要怀疑，它一定是适合你的，好好经营，这是你寻找到的。假如你还没找到爱情，不要着急，它一定会出现，也许就在咖啡厅的转角，也许就在公交车的后座。但如果你找到了，一定要记住，明人不说暗话，告诉他：我喜欢你。

诗 与 远方

02

抬头看看远方吧，那是诗的方向，你不会发现美丽衣裳下的痛楚，就像你永远读不懂一首人生的诗。

以前睡觉前都会翻几页枕边书，但是我看书的习惯不好，喜欢躺着看，姿势久了便有点累，后来索性便拿起平板电脑看看电影。

《诗》是我无意间发现的一部电影，当时想着，看一会儿就睡了，没想到，越看越精神，一不留神就看到了天亮。这是一部节奏很慢的文艺片，围绕着写诗展开，但是电影本身跟主人公怎样写诗和诗写得怎么样都没太大关系，编剧巧妙地把写诗和一个杀人案联系到了一起，请来了韩国国宝级演员尹静姬出演，这部片子可以说是她时隔十五年再度出山之作。

看完这部电影之后，我不得不佩服这个导演，在这个小心驶得万年船的年代，他居然有勇气找一个六十多岁的老太太作为主角，拍摄这样一部长达两个多小时的文艺电影。

你能收到我不敢寄出的信吗？

我能表达我不敢承认的忏悔吗？

时光会流逝，玫瑰会枯萎吗？

......

影片中的杨美子纯净、孤独，她生活得像诗一样，小时候，她妈妈离开得早，导致她不知道该怎么教育孩子，也正是因为这样，才有了这个故事，才导致了后来的悲剧。

杨美子写诗的时候，几次问道——我该怎么写诗？我该怎么寻找灵感？

我相信很多人和我一样，会不由自主地想，在当下这个浮躁的社会，还会有人静得下心来写诗吗？大多数人，都已经在这个复杂的社会里沦为物质需求的奴隶，鲜少有人会为自己的精神世界抗争，鲜少有人还会去享受像写诗这样的高度精神活动。

我突然想到前段时间我在朋友圈看到一个图书编辑发的一段文字：

"图书在支付译稿费用时，每一个标点都算钱。影视这个行业，是没有三观的，随时都会让你看到人性的至暗时刻，因为他们不读书。"

之后才得知这位朋友是在和影视公司购买图书版权时发生了不愉快，可能是因为我身处影视圈，聊到最后时，她担心对我来说不礼貌，便回了我一句："在我心中，你是作家。"可见她对影视圈十分失望。

说真的，上面那一段话，作为演员身份的我都看得脸红。虽然不能一概而论，但确实是普遍现象。可是只有影视圈是这样吗？当然不是，现在各个行业都有这样的事情，有的人活得越来越像个强盗。

电影总是和我们的生活密切相关，影片中有一个画面，我印象颇深。杨美子站在角落看着外孙吃饭，默默地把受害人照片放在桌上，可怕的是，外孙跟没事人一样，吃零食，看着电视大笑，照样踢球、打游戏。

为什么一个人在对别人施加伤害之后，可以心安理得地继续自己的生活？杨美子的外孙，就是一个极致的强盗。

这是一部看完后让我无法安眠的电影，那些看似恣意的镜头，处处体现了生活中的细节。我们所经历的时而轻飘、时而沉重的生活不就是这样吗？杨美子用尽全力地拉开外孙蒙住头的被子，想要和他交谈却怎么也拉不开。杨美子拉不开的只有那床被子吗？拉不开的还有她自己的内心，还有她和外孙之间无法跨越的沟壑。

几个犯罪学生的家长碰头开会，对发生的事情仅仅是表现出羞愧，之后他们竟然开始讨论起事情的细节和对策，甚至诋毁受害者。

这个情节让人十分寒心，但的的确确反映了当今社会我们见怪不怪的社会形态。

现在观众们看电影，很少会关心现实主义题材，更多的人会选择看好莱坞大片。但是我们不可否认现实主义题材作品的意义，导演拍这样的电影，就是为了和观众进行真正有意义的交流。电影反映的意义不在于天马行空，而是在揭露现实，也许它有丑陋的一面，但我们不应规避。

当我们描述未来的美好和自己的愿望时，我们常说"我们一定会创造出更多美好的事物"，好像这人世间因有了自己的一丝信心，会变得更加使人向往一样。

杨美子很热爱生活，她喜欢打扮，喜欢穿干净漂亮的衣服，因为她相信，人不管什么时候，身子都要干净，身子干净了，心灵才会干净。

如果说杨美子开始写诗只是她对抗暴力的方式，那么她后面写诗就是在感叹命运。她拿出笔记本，无法下笔，天空下起雨来，猛烈地冲刷着她单薄的身体。

镜头中每一次呈现她步履蹒跚的背影，都能令人感受到那份难以言喻的美妙和深刻。在我看来，她本身就是一首凄美婉转的诗。我们可以从她的身上，读出一个光阴的故事。她仔细观察阳光下的树叶，她渴望和树对话，她写着自己的诗，最终，她用自己的生命完成了一首她一生追求的生命之诗，交出了那份老师布置的作业。

影片的最后，杨美子的声音和受害者的声音交织在一起，好像两个人已经合为一体。杨美子用她最美丽的生命，完成了对外孙犯下的罪行的救赎。

有人让罪恶滋生，就会有人为罪恶画上句号。

最近又看到一些负面的社会新闻：某软件顺风车司机强奸杀人，宝马车主砍人反被杀，快递员上门取件性侵女客户……

这些新闻看得我胆战心惊，又无能为力，只能一边叮嘱女同事一定要注意安全，一边关注事件的后续进展，等待句号落下。

如果这个世界没有艺术，没有对生命的尊重、对善恶的明晰，有的只是让人害怕的新闻，那么我们可能连最后一个救赎的机会都没有。抬头看看远方吧，那是诗的方向，你不会发现美丽衣裳下的痛楚，就像你永远读不懂一首人生的诗。

听饭

03

看着这个身影从之前的魁伟高大到现在的步态蹒跚，我不想说是因为他老了，我只想说是因为我长大了。

上小学的时候，家里买了一台 DVD 机。在那个年代，应该算是买了个大件儿，所以随机会送很多赠品，印象最深刻的就是送了一套李安的"家庭三部曲"。在那个武侠片、僵尸片、搞笑片当道的年代，我根本没看懂这三部电影，甚至认为它们很无聊。

后来学了电影，知道了李安，再重新看这三部电影，觉得有点意思，好像明白了点什么。随着自己越来越成熟，看到问题具备独立思考能力的时候，我已经很爱李安的这三部电影了。

这三部电影中，我最喜欢的就是《饮食男女》。我很少三刷四刷一部电影，《饮食男女》是我唯一一部刷过三次以上的电影。我认为电影首先是一个能让人轻松地去看，并且能从中获取到一些东西的产物。太费脑子地去分析，看了很多遍都没搞明白的，我真的不认为那是适合大众的电影。

可能是因为我是一个没有安全感的人，家庭的仪式感让我感到踏实。印象中，小的时候我总在姥爷家度过周末，周末的时候，一个家族的人全都会去姥爷家吃饭，就像电影里描述的一样，姥爷会用座机给儿子女儿打电话，今天问问几点下班，明天问问周末来不来。姥爷不是厨师，但他总是能把日常的蔬菜水果变成美味佳肴。因为做饭好吃，邻居家的婚宴都由他一个人承包，是一个人哦。他可能就是传说中的那种手脚麻利、聪明好学型的天才吧，木匠的活儿信手拈来，雕花打光样样精通。电工的活儿也会，线路正负极门儿清。

我还记得那个年代的婚宴就是在街头巷尾支起大棚，摆上十几二十桌。厨师就在旁边架起炉灶，一个菜炒一大锅，然后分盘、走菜。我最期待姥爷接这样的活儿，那时候我经常跟邻居小朋友在外面玩得满头大汗后，再跑到姥爷的灶台前，总有一碗樱桃肉或者炸里脊让我吃得满嘴都是油。后来这样的日子慢慢变少了，原因是姥姥心疼他太辛苦，一个人做这么多菜，身体真的吃不消，每次都要缓上好几天才能恢复过来，就不允许他接了。当然还有一个更重要的原因是大家的生活变好了，开始更多地走进餐馆。

所以在看《饮食男女》的时候，电影中的每一个场景我都特别有代入感，一大家子坐在一桌上，姥爷一道菜一道菜地上，一盅汤，配着清蒸鱼、锅包肉、糖醋里脊、软炸蘑菇、四喜丸子、油炸花生米等菜肴，摆在桌上。菜齐之后，姥爷还会问大家觉得哪道菜好，口味怎么样。老头还是很固执的老头，听不进去太多不好，如果你说这个太腥了，他会说这是保留海鲜的原味，如果你说太淡了，他会说这次买

厨房可能是你解压的圣地
试试看？

的盐不对。随着儿女们各自成家，有了各自的事业，周末的时候，人总是聚不齐，看得出来，姥爷对此是有点失望的。

周末聚不齐，逢年过节总是要在一起的，慢慢地，家里的女儿、儿媳妇开始做饭了，姥爷就不怎么下厨了，但是会在旁边指挥，什么时候掀锅放气，什么时候入盐调味，色泽怎么挂，偶尔还会尝口汤，然后各种点评，总之很是严厉。

有一次我印象特别深刻，舅妈在做饭，姥爷在旁边尝了几口就说口味淡了，舅妈尝了又尝都觉得没问题，然后拿着勺子给我们喝，我们都觉得已经很咸了。姥爷不再争辩，落寞地走了，他做了一辈子饭，味觉却渐渐消失了。从那以后，他再也没有在旁边指挥过，只是偶尔在饭桌上，会夸夸这道菜颜色好，那道菜口感不错。

老人最需要的就是陪伴。

后来我上大学了，寒暑假的时候偶尔会去姥爷家走走，不管是谁去，从进门起，他就弓着腰跟在你屁股后面讲"这个老王，他媳妇儿怎么怎么样，后来家里怎么怎么样"。

每个人都是一边忙着自己手里的活儿，一边顺着耳朵听那么几句，然后姥爷突然就不说话了。

大家就会问："然后呢？后来老王怎么样了？"

姥爷："还没演完呢，我也不知道。"

大家哈哈大笑，合着你讲得这么热闹，是在讲电视剧啊？还以为是真实的事情呢。大家笑的同时也知道，姥爷是太需要人陪了，平时一个人太孤单，没人说话，只能看电视剧打发时间。

我总是在客厅看电视的时候，听见厨房传来煎炒烹炸的声音，一阵阵香味扑鼻而来，馋得我直流口水。

"姥爷，你是不是在炸肉丸子呢？"

"哟？你怎么知道？"

"我听见的啊，炸完会调汁再炒一遍吗？"

"你想吃醋溜丸子？"

"想！"

"姥爷，你是不是在做梅菜扣肉呢？"

"你是怎么知道的？"

"我听见的。"

我能听见吗？当然不能。只是那个不停在厨房忙碌的身影，从小到大，我太熟悉了。他准备做哪道菜，从他切墩起我就知道了。看着这个身影从之前的魁伟高大到现在的步态蹒跚，我不想说是因为他老了，我只想说是因为我长大了。我知道永远都吃不到他做的饭菜了，但记忆中那碗樱桃肉的味道还挂在嘴边。

　　《饮食男女》中李安用一桌饭菜讲述了一家人的关系，引发了老少恋、未婚先孕、大龄剩女等社会问题的讨论。生活中我们有无数个这样真实的感受会让你在电影中想到自己，真正的生活不就是像准备一顿饭一样吗——洗菜、切菜、烧水、热油、翻炒。只是我们并不常把注意力倾注在这些过程上，如果你真的太忙，生活节奏太快，不如整理心情，听一次饭吧，有可能会让你找到那个最喜欢的自己。

爱自己是　终身浪漫

04

每一个好习惯的养成，都是对自己的宠爱，爱自己多一点吧，这是一件特别浪漫的事情。

前天睡觉前突然接到了一通电话。

"孟瑞吗？"

"是。"

"你知道我是谁吗？"

"知道。"现在很少会有人打电话，因为大家都习惯了用微信等通信工具联络，平时的电话不是外卖，就是推销。也许是对方声音比较有辨识度，也许是我对声音比较敏感。总之，我一秒便听出了这个人的声音。

我们暂时叫他企鹅先生吧。

"谢谢你还愿意接我的电话。"

"没什么，有事吗？"

"嗯……也没什么，就是很想念你，想听听你的声音。我知道你现在过得很好，挺为你高兴的。"对方总是欲言又止。

"也就那样吧，你过得好吗？"

"我……不是特别好。"

"那是有需要我帮助的地方？"

问出这句话的时候，我已经很困了，所以脑子还没反应过来，这个人为什么会给我打电话？借钱？有事？想着想着，便想到了我们从认识到关系破裂的过程。

我和企鹅先生是在大学时候认识的，我在表演系，他在音乐系。他哥哥是我们寝室的，所以他经常会过来串门，一来二去就认识了。

他长得蛮帅，像韩国人。单眼皮，白白净净，只是个子有点矮。性格比较小孩子，喜欢黏人，黏他哥，也黏我。我也不知道自己是不是倒了八辈子的霉，他没事儿的时候就会过来烦我，问我这问我那，后来干脆不黏他哥了，只黏我。一到我们寝室，发现我不在，转身就走。

有一次宿舍没人，我实在是忍不住严肃地问他："你是不是喜欢我啊？不然天天跟着我干吗？"

他很惊讶并且奶凶地说："你在说什么，我可是直男！只不过是觉得你人特别好，愿意跟你多接触。"

后来我来北京上学，我们也只是在QQ上互相问候，他说他很想做歌手，至于他的歌唱得怎么样，貌似有听过一次吧，印象中好像还可以。他一直跟我说，他也会来北京发展。

其实严格意义上来说，我人生的第一部戏，还跟他有渊源。当时我在北京除了班上的同学，其他人一个也不认识。他有一个网友，是一个中戏的姐姐，一直以来对他帮助挺大的，经常鼓励他。他把这个姐姐介绍给了我认识，说明了我的情况，看看有没有合适的机会带我认识一些朋友。这个姐姐的家庭条件很好，人也特别热情。当时她的男朋友是一个副导演，在她的推荐试戏下，我演了我的第一部电影。虽然有点扯远了，但确实是企鹅先生帮了我的忙。

后来他真的来北京发展了，参加各家音乐公司的面试，但北京人才辈出，藏龙卧虎，确实很难得到好的机会。在北京他还谈了女朋友，北京本地的姑娘，对他也算照顾有加。

在没找到房子之前，企鹅先生住在我家里。他说特别喜欢听我说教，感觉自己像受虐狂一样。甚至觉得我特别优秀，做什么都可以做得很好，会演戏，会唱歌，会说话，声音还好听，又喜欢读书，曾一度以我为学习榜样。

那个时候，我们在一块聊梦想，互相鼓励，他总说"孟瑞你坚持住，你以后一定会发展得很好的"。几次面试碰壁之后，他家人给他打电话，希望他回去跟他父亲一样做医生，因为在约定的时间内，他在音乐方面并没有取得什么进展。他回老家之后，我们的联系就很少了，只是逢年过节的时候才会互相问候几句。

有一年我做了一个化妆品的品牌，做的时候确实吃了不少苦，搭了很多人情，拿出了所有的积蓄。当时势头还不错，各地代理也很多，其实做生意都是一样，低价买进，高价卖出，自己赚差价，就像家门口开的小卖店一样。

随着互联网的发展，每个地区都会设有总代理，这样对于总公司来说会更好把控。比如，福建的总代，福建地区想做代理的都找他，公司的货只给总代。当然也不是谁都能做总代，他的价格低是没错，但是总公司对他有硬性的销售额要求，简单点说，就是规定要完成多少业绩，如果到时候完成不了，自己贴钱也要补上。

企鹅先生当时在贵州做茅台酒的生意，他也想做我的代理，希望我能把贵州的总代直接给他。朋友把话说到这个份儿上，我也不能揣着明白装糊涂。无非就是如果他没有按期完成业绩，我也不能让他担责任，但我要把权利和最低价给他，因为我们是朋友。我当时问了一嘴客户经理，贵州地区卖得最好的是谁，他拿货的量有多大。客户经理告诉我是一个叫豆子的女孩，她每次拿几箱，虽然不多，但是很频繁。因为不是总代，所以价格没那么低，一直在和我们磨，可不可以给她总代的价格。她也想做总代，但一是没有那么多钱压货，二是没有地方储货，三是怕完不成总代要求的业绩。这样的想法看似有苦衷，

但其实做生意不就是这样吗？你没钱拿货、没胆量囤货、没眼光看货，你是赚不到钱的。就像一家小卖铺在世界杯期间不大量地囤货、冰啤酒，客户需要几瓶你才进几瓶，让客户等你，这样你还想赚钱？根本不现实。

在企鹅先生的几次央求之后，我答应了把贵州地区的总代给他，算是还之前那个人情吧。后来我才知道他的出口就只有豆子，其他的客户一个都没有。也就是说，他拿了总代只能靠给豆子供那么点货，这怎么可能做大呢？这让他感到心烦意乱，虽然价格低，但是他几乎卖不出去，十几箱货积压在家里看着就心烦。

之前豆子来找我们拿货，我们直接推给了企鹅先生，但是人家做的是生意，你给的价格高，对方拿了几次，不满意了，便去别的价格较低的总代那边拿货，行话叫窜货，这个是杜绝不掉的，很多总代为了吸引新的客户，这单大不了不赚钱，采取各种营销玩法，有的作为赠品，有的直接压低 a 产品，抬高 b 产品，这都很正常。总之，豆子不再在企鹅先生那里拿货了。

企鹅先生气冲冲地打电话给我，他一口咬定就是我们总公司放货给了豆子，不然她不可能有那么低的价格。对于我来说，我的产品在欧洲都卖，国内就更别提了。我在乎这十箱八箱的吗？他不了解的是，我们做的是量，他做的是零售。从单品的利润上来看，钱一定是他赚得多，简单来说，这小小几箱货，就算是我出货给豆子，我也赚不到几个钱，既然如此，我干吗要脏了自己的名声？但他坚定地认为就是我放的货，于是一怒之下把货退给了我。我们在电话里吵了一架，之后便拉黑了微信，从此再无联系。

我们之间没有太多的共同朋友，后来辗转得知，他结婚了。

"你可以帮我找一份工作吗？"一句话把我拉回了现实。

这么多年不联系，一来就是一个需要帮忙找工作的电话，我还真不知道该怎么接话。

是发生了什么事情？还是另有原因？

"你先告诉我，你怎么了？遇到了什么事情？这没头没脑的。"

"其实我一直都有默默关注你，我知道你写了书，卖得很好，算是一个当红的作家了。也知道你的新戏都拍了什么，真的，我特别为你高兴。你这么多年吃的苦没有白费，如果我当初也能坚持，也许现在也会是你这样吧。"他嗓音低低的，说着说着就哽咽了。

"你未必能，不是谁都能坚持，也不是谁坚持了都会成功。"我话说得直，"你应该有宝宝了？"

"嗯，刚两岁，特别可爱，是个男孩。"

"男孩一般都像妈妈，你和你妻子的感情应该不错吧？"既然你不说，我只能套话了。

"我现在一个人在酒店，身上的钱也用完了。我需要一份工作，不然我明天去北京找你吧？你随便给我介绍一份工作就好。"

"你是离婚了，还是吵架了？"

"吵架，我跟我父母也吵起来了，我说如果我赚不到钱，就不回家。我话都说出去了，不能回去了。"他又哭起来。

"哎呀行了行了，别哭了。问你半天也不说，你找我干啥啊？我也没有工作给你，我身边的朋友大都是媒体圈里的，这一行一般都需要有经验，你能干吗啊？"

"我什么都能做，我不怕脏不怕累，实在不行，给你做助理伺候你也行。"这句话把我给逗笑了。

"你是在这儿跟我演琼瑶戏呢吗？我不需要你伺候，你是不是喜欢我啊？怎么总是阴魂不散地出现在我身边呢？"

"不要开这种玩笑了！"他还挺正经，本来想缓和下尴尬的气氛，结果整得我更尴尬了，好像我是神经病一样。

"行，我只能帮你问问，有消息第一时间通知你，但不能保证一定有。我看助理这项工作可能会快一点，你也可以当散散心，跟一个戏下来也许心情好了，就回家了。不然给你介绍了正经工作，你干两天挥一挥衣袖就回家了，我怎么做人？你跟我说说吧，怎么了？搞破鞋让媳妇儿抓着了？"

"孟瑞你还不了解我吗？我什么时候会在男女关系上乱来？我对待感情很认真的好吧！"他叹一口气，声音低下去，"我是因为打麻将，那天就是手气不好，一直输。"

"原来是赌博，输了多少？"一听这话我就来气，我特别讨厌赌博的人。

"二十万。"虽然这事儿跟我没关系，但他回答得显然很泄气。

"厉害，赌神再现江湖了，你个大老爷们能不能干点正事儿？"

"所以我想从头再来，把这个钱给家里补上，我跟爸妈说我赚不到钱不会回去的。"

"你呢，首先把跟你打麻将的那些麻友都删掉，再叫你，你也不要去了，你是被他们下套了；其次呢，跟家里赔礼道歉，并表示痛改前非，我个人觉得你还是留在当地找一份好点的工作或是做点什么生意比较稳妥，北京没那么好混，你又没什么特长。这几天好好想想自己做的这些破事儿，既然都结婚、生孩子了，就好好过日子，过好了谁都羡慕，过不好谁都等着看你笑话。"

挂了电话的第二天，我就问了身边很多朋友工作的事情，还没等到回复，第三天他打电话过来，说自己想清楚了，觉得我说得对，还是在家好好工作吧。

我想到前几天朋友圈疯转的一段话：不要大声责骂年轻人，他们会立马辞职，但是你可以责备那些中年人，尤其是有房、有车、有娃的那些。

这虽然是个段子，但确实精准地描述了中年人的两难之处。很多时候，我们确实不应该冲动行事，就像企鹅先生这样，上有老下有小，经济有压力，已经不太经得起折腾了。

莎士比亚曾说：一个人的青春期一过，就会出现像秋天一样优美的成熟期。这时，生命的果实像熟稻子似的，在美丽平静的气氛中等待收获。

可我们在青春期的时候有没有为成熟期的收获做准备呢？长大后我们会明白，总有一天，我们会为自己曾经的不坚定而埋单。

企鹅先生只能说是不够成熟，在生活中选择朋友的时候不够谨慎，对自己的未来没什么规划，对家庭的责任感也不够强，但不能说他是个一无是处的人。他在青春期的时候也曾有过梦想，也憧憬过自己的未来，那是什么让他没有坚持下去呢？应该是心气和习惯。他的抗压指数不高，对父母的安排没有勇敢说"不"，在受挫之后，他泄气了，觉得生活也就这样了，从此之后，他的人生轨迹也就随之改变了，心气和习惯自然也会跟着变化。

习惯对一个人来说很重要，好的习惯可以影响一个人的一生，会带着他往人生正道上走。

村上春树说过：我三十三岁那年秋天决定以写小说为生。为了保持健康，我开始跑步，每天凌晨四点起床，写作四小时，跑十公里。

再者，网上不是流行一句话嘛：现在看的每本书，都会融进你的气质；现在学的每一种技能，都会成为你的资本；现在吃的每一点苦，都会变成未来的一点甜。

给自己好好地规划规划，你的生活就会变得越来越好。每一个好习惯的养成，都是对自己的宠爱，爱自己多一点吧，这是一件特别浪漫的事情。

图书在版编目（CIP）数据

天气预报说明天有你 / 孟瑞著 . — 南昌：百花洲
文艺出版社，2019.1
　ISBN 978-7-5500-3055-8

　Ⅰ . ①天… Ⅱ . ①孟… Ⅲ . ①短篇小说—小说集—中
国—当代Ⅳ . ① I247.7

中国版本图书馆 CIP 数据核字（2018）第 241365 号

天气预报说明天有你
TIANQI YUBAO SHUO MINGTIAN YOU NI

孟瑞　著

出 版 人	姚雪雪
出 品 人	李国靖
特约监制	夏　童
责任编辑	袁　蓉　刘玉芳
特约策划	夏　童　张　丝
特约编辑	夏　童　张　丝
封面设计	小茜设计
版式设计	龙　梅
封面绘图	孟　瑞
封面摄影	大　柠
内文摄影	JessieYu13
出版发行	百花洲文艺出版社
社　　址	南昌市红谷滩世贸路 898 号博能中心Ⅰ期 A 座 20 楼
邮　　编	330038
经　　销	全国新华书店
印　　刷	北京中科印刷有限公司
开　　本	880mm×1230mm　　1/32
印　　张	8.5
字　　数	147 千字
版　　次	2019 年 1 月第 1 版第 1 次印刷
书　　号	ISBN 978-7-5500-3055-8
定　　价	49.80 元

赣版权登字：05-2018-437
版权所有，侵权必究
发行电话　0791-86895108
网　址　http://www.bhzwy.com
图书若有印装错误，影响阅读，可向承印厂联系调换。